Conan le Barbare:
Deuxième Partie
Pour
Erika Sanders
Série
Conan le Barbare Vol. 5 à 8

Synopsis

Rencontrez les femmes dans la vie de Conan comme on ne vous l'a jamais dit auparavant ...

Après de nouvelles aventures et de nouveaux triomphes, Conan et son groupe retournent dans la ville où se trouve maintenant leur maison, Tarantia.

Le retour leur fera-t-il rater les aventures? Ou sera-ce mieux que prévu?

Cette publication contient les volumes 5 à 8:

5 - Yasimina

6 - Zula

7 - Cassandra

8 - Adriana

Nouvelle série basée sur les personnages des œuvres de Robert E. Howard.

(Tous les personnages ont 18 ans ou plus)

Remarque sur l'auteure:

5

Erika Sanders est une écrivaine de renommée internationale, traduite dans plus de vingt langues, qui signe ses écrits les plus érotiques, loin de sa prose habituelle, de son nom de jeune fille.

Indice:

CONAN LE BARBARE
DEUXIÈME PARTIE
ERIKA SANDERS

CHAPITRE V
YASIMINA

Le magasin était moyennement grand, mais toujours dominé par de nombreux autres bâtiments du quartier.

Les flèches et les dômes des temples voisins dominaient les toits voisins, donnant à ce quartier son caractère distinctif.

Même les rues étaient relativement calmes, du moins lorsque les cultes ne commençaient pas ou ne se terminaient pas.

Ce bâtiment, alors qu'il était meilleur que beaucoup d'autres dans la ville, semblait presque indescriptible ici, ses murs de pierre lisses et son enseigne décorative pas plus impressionnants que beaucoup d'autres dans la rue.

Conan et Yasimina étaient là pour s'approvisionner avant leur prochaine incursion dans le désert.

Il n'y avait pas de grande urgence, car ils n'avaient pas l'intention de sortir à nouveau pendant au moins deux mois, mais on ne savait jamais quand les fournitures seraient utiles, même ici en ville.

Le magasin, bien sûr, compte tenu du quartier, s'est spécialisé dans les biens religieux.

C'était principalement le domaine d'expertise de Lady Yasimina, mais il était toujours utile qu'un autre membre du groupe soit présent.

En fait, même s'il était déjà passé devant le magasin, lors de précédentes visites à cette occasion, il n'était jamais entré à l'intérieur.

Yasimina, semblait-il, était une habituée, donc il était clairement logique pour lui de laisser la dame parler.

À l'intérieur, le magasin semblait un peu moins discret que dans la rue.

Une variété de symboles sacrés décoraient les murs et le long comptoir contenait un certain nombre d'articles assortis, ce qui faisait que l'endroit ressemblait autant à un magasin d'antiquités qu'à n'importe quoi d'autre.

Il y avait des moulins à prières, des porte-encens, des bocaux décorés et des objets dont Conan ne pouvait que deviner la fonction.

De toute évidence, pensa-t-il, il n'avait pas assisté à un large éventail de services religieux.

Au moins, il pouvait reconnaître la plupart des symboles sur le mur

...

L'homme derrière le comptoir était d'âge moyen et bien vêtu d'une robe bleu marine.

Elle a salué Yasimina comme si elle était une vieille amie, puis a dit à travers la porte arrière de la chambre qu'ils avaient des clients; Apparemment, il avait un employé travaillant à l'arrière.

«Que puis-je faire pour vous aujourd'hui, ma dame? Il a demandé, se tournant vers la dame.

«Je cherchais de l'eau bénite,» répondit-elle, «nous avons épuisé toute notre réserve lors du dernier voyage et aurons besoin d'un peu plus. Et certaines de vos potions de guérison, bien sûr.

"Certainement ..." dit le marchand, mais l'attention de Conan fut distraite de la partie suivante de la conversation lorsque le vendeur arriva.

Que ce n'était pas lui mais elle.

C'était une jeune femme, peut-être la fille de l'épicier, probablement pas âgée de seize ou dix-sept ans.

Ses cheveux noirs étaient attachés en queue de cheval avec un simple fermoir argenté, et les yeux verts brillants se déplaçaient entre les deux clients; Conan sentit qu'ils s'attardaient sur lui plus longtemps, mais peut-être uniquement parce qu'il était un nouveau visiteur.

Son teint était lisse et plus pâle que celui du marchand, avec de grandes lèvres rouges et une bouche très sensuelle.

Sans aucune honte, et ignorant l'atmosphère religieuse que le magasin aurait dû créer, les yeux de la guerrière parcouraient le corps de la fille, évaluant sa silhouette.

Elle portait une robe vert foncé, le décolleté coupé juste en dessous de son cou et les manches longues aux poignets; le comptoir cachait ses jupes, mais il pensait qu'elles seraient longues et invisibles.

Cependant, malgré cela, la robe ne pouvait pas cacher la forme de son corps.

Elle avait une taille étroite, une ceinture nouée autour d'elle avec le symbole de la déesse du cœur, et ses bras étaient également minces.

Cependant, là où les vêtements avaient le plus failli, c'était en déguisant la forme de ses seins.

Ils étaient grands et fermes, grands par rapport à la largeur de sa taille; seuls des vêtements plus amples et plus spacieux auraient pu dissimuler ce fait.

En général, pensait Conan, elle se gaspillait sur la religion, et il aurait beaucoup préféré la voir avec quelque chose d'un peu plus révélateur.

Il reporta son attention sur l'affaire en cours.

L'épicier préparait une gamme de bouteilles, et lui et Yasimina discutaient des prix des différentes options.

Pour autant qu'il le sache, la dame n'aurait aucune difficulté à acquérir de l'eau bénite bénie par les prêtres d'Ymir, sa divinité préférée, et le dieu de l'honneur et de la vertu martiale, au temple.

Mais parfois, une variété d'alternatives s'avéraient utiles, et les potions de guérison devaient toujours être envisagées, ainsi que tous les autres éléments de religion qui pourraient exister.

Après tout, il y avait plusieurs dieux, et il supposait qu'il était sage de satisfaire tout le monde autant que possible.

Mais, alors que les potions de guérison étaient certainement intéressantes, il devait admettre que seuls deux des dieux pouvaient prétendre recevoir des prières ou des offrandes de sa part ... qui étaient Crom au combat et, seule Muriela, déesse de l'amour, était probablement celle-là. puisse-t-il être vraiment satisfait en paix.

Une pensée le frappa soudain et, voyant que le commerçant était occupé, il se tourna vers l'assistant.

«Je me demande si vous avez quelques petits symboles sacrés» lui demanda-t-il, «une sorte de pendentif, peut-être, pas spécialement l'un des plus grands. Rien que pour la décoration?

"Bien sûr," répondit-elle, "nous avons une large gamme de bijoux religieux."

"Que diriez-vous d'un pour la déesse Muriela?"

Elle était un membre hautement vénéré du panthéon des dieux; après tout, elle était traitée avec courtoisie par les autres temples, même s'ils gardaient parfois leurs distances.

L'amour était une partie importante et positive du monde, une force essentielle dans l'univers, quelque chose que les autres dieux ne voulaient ni ne pouvaient nier.

Bien qu'il soupçonne que ce sont principalement les prêtres de certains des temples les plus religieux qui se méfient quelque peu de ses implications physiques, ils louent même des concepts tels que la romance et le mariage.

Les yeux de la fille s'écarquillèrent légèrement, mais sa bouche se tordit légèrement en un sourire.

Au moins, il ne l'avait pas offensée.

"Oui, nous le faisons", dit-il, "je peux aller chercher quelque chose à l'entrepôt si vous le souhaitez."

Il se retourna, puis s'arrêta, comme s'il réfléchissait à quelque chose, puis se retourna.

«En fait, ça pourrait être plus facile si tu venais avec moi, et tu peux choisir quelque chose.

Elle remarqua une légère rougeur sur ses joues et se demanda ce que cela signifiait.

Peut-être qu'elle était juste un peu gênée par le souvenir de cette divinité particulière ... ou peut-être que c'était autre chose.

"Pourquoi pas?" Lui dit-il en levant les yeux vers Lady Yasimina.

Elle avait évidemment entendu une partie de la conversation, et hocha la tête, avant de se tourner vers l'ensemble de bouteilles devant elle.

Il préférait penser qu'il voyait un drôle de sourire indulgent sur son visage en le faisant.

Il ne pouvait pas savoir pourquoi, il n'y avait pas beaucoup de choses qui pourraient arriver dans le court laps de temps qui seraient probablement dans le magasin et encore moins dans un tel magasin.

"Je suis Jehnna, au fait", dit l'assistante en lui montrant l'arrière du magasin, "et vous l'êtes?"

"Conan. Je suis un guerrier."

"Cela explique pourquoi je ne t'ai jamais vu auparavant. Tu passes plus de temps dans le quartier des gladiateurs, je suppose?"

"Oui, je suppose," admit-il. Il était certainement venu hier pour visiter ses camarades et leur centre de formation. "C'est une entreprise familiale alors?"

"Non, Dellos n'est qu'un ami de mon père, mais je travaille ici depuis près de deux ans. Je vis toujours avec ma famille, mais ils sont absents pour le moment, donc j'ai la maison pour moi."

Il hocha la tête, ne sachant pas quoi dire à cela.

Marchant juste derrière elle, il remarqua la belle courbe de ses hanches.

Comme il s'y attendait, sa jupe était longue, l'ourlet juste au-dessus de ses chevilles, et ses bottes en cuir souple cachaient même leur peau.

Pourtant, la forme de son corps était attrayante et il dut repousser ses pensées vers l'achat.

Jehnna attrapa une porte blindée à l'arrière de l'atelier et l'ouvrit, révélant un espace de rangement étroit au-delà.

La pièce était en pierre, comme le reste du bâtiment, bordée d'un côté par des étagères en bois qui atteignaient le plafond.

Les étagères étaient remplies de boîtes et d'articles divers, dépassant suffisamment pour laisser peu d'espace entre elles et le mur du fond.

«Laisse-moi réfléchir...» dit-elle, «je pense qu'ils sont sur l'une des meilleures étagères.

Il monta sur une échelle qui se déplaçait dans les couloirs le long des étagères et souleva une jambe sur l'une des marches.

Ce faisant, sa jupe s'est soulevée et elle, apparemment distraite, l'a accrochée davantage pour libérer son mouvement.

Il a glissé sur son genou surélevé, révélant que ses bottes étaient de la longueur des mollets, mais montrant également de la peau nue du genou et du bas de la cuisse.

Ses jambes étaient minces et galbées, tout comme le reste de son corps, la peau pâle, à l'exception d'un petit grain de beauté qu'elle pouvait maintenant voir sur l'intérieur de sa cuisse.

Conan déglutit, mais cette fois il ne détourna pas les yeux.

"Voyez-vous quelque chose que vous aimez?" Il a demandé, et maintenant il était presque certain qu'elle plaisantait, puisqu'elle ne lui avait pas encore montré de bijoux.

"Peut-être," dit-il, sans engagement.

Peut-être que si Jehnna n'avait pas l'engagement religieux que ses parents pensaient apparemment ... cela pourrait être intéressant.

"Je ne sais pas grand chose sur Muriela," dit-elle, regardant apparemment toujours à travers les boîtes, "que faites-vous dans vos cultes?"

Il résista à l'envie de répondre que ce n'était pas ce qu'elle pensait.

"Ce n'est pas si différent des autres divinités vraiment", dit-il, "nous rendons grâce pour la générosité de la déesse, nous faisons des sacrifices pour de beaux objets. Ils passent de l'eau de rose pour la purification, ce genre de chose."

Bien sûr, les rassemblements sociaux qui suivent parfois les services pourraient être une autre affaire, pensa-t-il silencieusement, ses yeux buvant toujours la forme de ses jambes et de son corps.

"Vous croyez en l'amour pour tout le monde, n'est-ce pas? C'est un peu étrange pour un aventurier ... ou n'êtes-vous pas avec Lady Yasimina?"

"La déesse enseigne que l'amour est le lien qui unit l'univers, oui. Et Lady Yasimina est une de mes collègues, mais elle n'est pas une adoratrice.

Cela ne va pas avec le fait d'être une femme, je suppose. Les femmes aiment le pouvoir du Bien, et ils ont un amour pour leurs communautés, mais ils le canalisent dans des directions différentes de celles des adeptes de Muriela. "

Il n'a pas répondu à son autre question; la vérité était que cela faisait partie de son identité, pas en contradiction avec sa carrière aventureuse, mais cela ne l'aidait pas vraiment non plus dans cette facette.

Il n'avait pas les inclinations pacifistes nécessaires pour rejoindre le sacerdoce de la déesse.

«Et quelles sont ces adresses? demanda-t-elle, alors qu'elle soulevait une boîte de l'une des étagères supérieures et retournait au sol, sa jupe retombant autour de ses chevilles en le faisant.

Conan ne répondit pas tout de suite, réfléchissant à la manière de formuler sa réponse.

Flirtait-elle avec lui, ou les questions étaient-elles vraiment innocentes?

Si, comme cela semblait probable, cela venait vraiment en premier, dans quelle mesure sa réponse pouvait-elle être autorisée?

Heureusement, il y avait de nombreux aspects de la déesse.

«Nous croyons en l'amour romantique, avant tout. Nous promouvons le mariage, bien sûr, du moment que c'est par amour, pas par argent ou par progrès social. Mais nous ne cherchons pas à restreindre l'amour entre les gens, et il peut y avoir de nombreuses façons d'y parvenir en répondant à votre question. ".

Il étendit la boîte et l'ouvrit pour révéler une série de petits pendentifs, breloques et bracelets, tous décorés du symbole de la déesse.

La plupart étaient clairement destinées aux femmes, pour être portées comme bijoux, mais elle choisit bientôt une petite pièce d'argent sur une fine chaîne.

Pendant qu'il le tenait, il ajouta un dernier commentaire, au cas où elle aurait une mauvaise idée.

"Le consentement mutuel est au cœur de tout ce que nous faisons, bien sûr. Sans lui, ce n'est pas de l'amour."

Il a placé la boîte dans un espace libre sur l'une des étagères inférieures.

"Bien sûr," dit-elle avec un léger sourire.

Elle le dépassa, se dirigeant vers la porte.

Dans l'espace restreint, ses hanches effleurèrent son corps, puis elle s'arrêta, se tournant pour le regarder.

Ses seins pressés contre sa poitrine; même dans un entrepôt aussi restreint, il soupçonnait qu'elle faisait plus que ce qui était strictement nécessaire.

Le déménagement n'était certainement pas accidentel.

«Tu dois m'en dire plus,» dit-elle, son visage à quelques centimètres de lui, ses lèvres rubis l'invitant à les embrasser. «Mais pas maintenant; ton ami attend. Peut-être que tu peux venir chez moi ce soir.

Elle lui a donné son adresse et Conan a accepté de venir.

Cela avait été une tournure des événements surprenante et très agréable ...

* * *

Quand elle ouvrit la porte à son coup, elle était toujours vêtue des mêmes vêtements que dans le magasin.

Cette fois, il ne fit pas semblant de ne pas garder les yeux sur sa silhouette.

Il ne faisait aucun doute qu'elle était jolie, et même à la lumière de la lampe à l'intérieur de la maison, il pouvait voir qu'elle était rouge, avec une rougeur cramoisie sur les joues.

Elle avait presque l'air énervée, et il se demanda si elle avait déjà fait quelque chose de similaire.

Peut être que non; elle avait dit que ses parents étaient loin, alors peut-être qu'elle avait rarement une chance comme celle-là.

Il était peu probable que cela revienne souvent là où elle travaillait, et c'était une très jeune femme.

Elle n'est probablement pas vierge, aussi audacieuse qu'elle l'avait finalement été, mais pas non plus très expérimentée dans ce domaine.

Après tout, elle était toujours habillée chastement.

«Entrez,» murmura-t-il, regardant autour de lui pour s'assurer que personne d'autre ne pourrait les voir.

Il entra rapidement et elle ferma la porte derrière lui, s'appuyant contre elle, ses yeux parcourant maintenant son propre corps.

«Muriela croit en l'amour libre, n'est-ce pas?

Conan sourit.

"Je pense que tu en es très conscient. Beaucoup préfèrent s'engager, mais jusqu'ici ça n'a pas été ma façon de faire. Alors, Jehnna ..." dit-il, ne cachant pas qu'il regardait monter et descendre ses seins sous la robe, "De quels aspects particuliers de la théologie aimeriez-vous discuter?"

«Certains de vos... actes religieux sont assez physiques, d'après ce que j'entends», dit-il, et sa voix est devenue rauque. «Afin de découvrir davantage le panthéon, je pense que je devrais vraiment essayer certains d'entre eux. Ishtar, la déesse du cœur est très importante pour moi, mais tous les dieux sont liés, et il faut adorer les autres de temps en temps, vous ne pensez pas? "

«C'est vrai,» admit-il, «et Muriela est la fille d'Ishtar, après tout. Quant aux actes physiques de dévotion, ils ne font pas partie des services religieux en tant que tels. Mais ils sont toujours un acte d'adoration, et maintenant Je suis d'humeur à adorer ce soir. Et toi?

Il s'approcha d'elle et elle se déplaça directement dans ses bras.

«Oui, l'adoration est bonne», soupira-t-elle, «intense, physique, adoratrice».

Il la serra dans ses bras et embrassa ses lèvres rouges, sentant sa langue glisser devant la sienne.

Ses lèvres étaient grandes, dodues et sensuelles, et son baiser passionné, même s'il ne semblait pas avoir beaucoup de pratique.

Certainement pas vierge, décida-t-elle, mais probablement relativement inexpérimentée.

Mais il était convaincu que ce ne serait plus le cas à la fin de la nuit.

Elle se retira de sa bouche, respirant fortement.

Ses seins étaient pressés contre sa poitrine, et ses bras étaient déjà enroulés autour de sa taille fine, alors qu'elle entourait son cou.

Il était presque haletant, ses yeux verts écarquillés d'anticipation.

«La chambre est à l'étage», réussit-il à dire, les mots tombant les uns sur les autres.

Il hocha la tête, puis se pencha pour la soulever sous ses genoux, la tenant contre sa poitrine alors qu'il montait les escaliers et les escaliers.

Ils s'embrassèrent à nouveau lorsqu'ils atteignirent le palier, il la portait toujours dans ses bras.

Elle fit un signe de tête vers l'une des portes, et il l'ouvrit d'un coup de coude.

"Juste un instant," dit-il soudainement, "je pense qu'Ishtar devrait attendre dehors."

Il fronça les sourcils, ne sachant pas ce qu'il voulait dire, mais elle répondit à sa question en tendant la main pour déboucler sa ceinture, celle portant le symbole sacré de sa divinité.

Il l'aida à le libérer, puis le laissa tomber, aussi soigneusement qu'il le put, les bras occupés, sur une petite table près de la porte.

«J'espère que ça ne la dérange pas d'écouter», dit-il, faisant à nouveau rougir Jehnna, puis gloussa.

Il entra dans la pièce, ferma la porte avec son pied derrière lui et la laissa finalement tomber au sol.

Elle attrapa aussitôt sa chemise, la sortit de son pantalon, et glissa une main dessous pour caresser son ventre.

Il la poussa en avant pour lui donner un autre baiser prolongé alors que sa main faisait lentement son chemin, sentant les cheveux sur sa poitrine.

Ils s'étreignirent, le bras de Jehnna maintenant autour de son dos alors qu'il tenait sa taille étroite, poussant ses hanches vers les siennes, pressant son érection grandissante contre son corps.

Elle se retira légèrement, puis utilisa ses deux mains pour soulever sa chemise, déboutonnant rapidement sa robe.

Il l'aida, jetant les vêtements en tas sur le tapis.

Elle sourit, ses yeux errant sur son torse nu, puis elle passa à nouveau ses petites mains sur lui, sentant sa forme et sa fermeté.

S'il y avait un avantage à être un aventurier, pensa-t-il, c'était qu'il gardait son corps en bonne forme physique plus que la plupart des autres guerriers.

Jehnna ne bougea toujours pas vers le lit, pressant son corps contre le sien pour un autre baiser.

Elle était toujours entièrement vêtue, le tissu doux et velouté contre sa peau.

Cette robe était maintenant un obstacle, cachant la majeure partie de son corps à sa vue.

Il embrassa son cou, la tenant toujours par la taille, et mordilla son oreille.

Il déplaça ses mains du bas de son dos, trouvant les liens qui maintenaient la robe ensemble dans le dos.

Il y en avait plusieurs, avec des lacets serrés, mais il était habitué à ce genre de chose, les jetant un à un, sentant le coton léger de leur combinaison avec ses doigts sous la robe verte.

Il déplaça ses baisers sur son menton, puis de nouveau sur ces lèvres rouges pulpeuses, se perdant au moment où il rompit les liens définitifs.

Il ne voulait pas gâcher la robe, qui semblait être faite d'un tissu précieux, alors il s'écarta à nouveau d'elle, la tenant avec les bras tendus pour un dernier regard alors qu'elle était encore entièrement habillée.

Ses cheveux étaient maintenant légèrement ébouriffés, quelques mèches lâches tombant devant ses yeux, malgré le fermoir qui maintenait sa queue de cheval.

Elle respirait fortement, sa bouche était ouverte, ses yeux rivés sur les siens, comme si elle ne savait pas quoi faire ensuite, mais impatiente de le faire.

Doucement, il s'approcha de ses épaules, tirant la robe vers elles, lui permettant de libérer ses bras des manches serrées, puis la faisant glisser le long de ses côtés pour se reposer sur ses hanches.

En dessous, elle portait un simple slip blanc, se terminant légèrement plus bas que les genoux, et ne montrant pas trop son décolleté.

Les manches étaient courtes, un peu plus longues que les épaules, et il passa un doigt le long d'un bras, sentant sa peau nue contre la sienne.

Elle portait un pendentif en argent autour de son cou, niché contre la courbe supérieure de ses seins.

Il l'a reconnu comme une version simplifiée du symbole Ishtar et, après la sortie de la ceinture, a décidé de ne pas le lui mentionner.

La déesse du cœur avait des enfants.

Elle ne pouvait pas être offensée par la méthode qu'il utilisait.

Elle appuya ses bras contre sa poitrine, alors qu'il glissait à nouveau ses mains le long de sa taille.

Il se déplaça vers le haut, le coton de la combinaison doux contre ses paumes, et la chaleur de son corps transparaissait à travers lui.

Il attrapa ses seins, les passant à travers le tissu.

Il pouvait sentir ses tétons durcir sous son toucher, et il leva les yeux pour la voir rougir une fois de plus.

Il l'attira une fois de plus contre lui, et ils s'embrassèrent passionnément, elle l'embrassa sur le visage et il passa une main dans ses cheveux (sa queue de cheval devenait plus rugueuse que lui) et l'autre le long de son dos.

Elle avait un très petit corps, à part ces seins maintenant écrasés une fois de plus contre sa poitrine.

Une jeune femme mince et séduisante.

Il fit glisser la robe qui reposait sur ses hanches, la laissant tomber naturellement sur le sol.

Ils enjambèrent la robe, se dirigeant finalement vers le lit.

Conan a enlevé ses chaussures et l'a allongée sur le lit plus tôt.

Se séparant à nouveau, mais cette fois elle était allongée et il était debout, Conan baissa les yeux sur son corps à moitié nu, alors que ses yeux dérivaient vers son ventre puis vers le renflement sous son pantalon.

La combinaison était plus courte que la robe longue, mais en raison de ses bottes mi-mollet, seuls ses genoux étaient exposés.

"Laissez-moi voir ce que la déesse a à offrir," dit-il, soulevant l'ourlet de la combinaison sur ses hanches.

Il y avait des tiroirs en coton larges, peu sexy et plutôt prudents en dessous, atteignant la mi-cuisse.

Se souvenant de ce qui s'était passé dans le magasin, elle avait visiblement accroché ses jupes à cause de la quantité de vêtements qu'elle portait en dessous.

Eh bien, il y avait tellement de sous-vêtements parce que ce serait confortable pour elle de les porter là-bas.

Il fit signe sa tête à la sienne, et elle leva les bras, lui permettant de glisser la combinaison par-dessus sa tête, saisissant la queue de cheval pendant une seconde avant de jeter les vêtements sur le côté de sa robe.

Maintenant, elle n'était habillée que des tiroirs et de ses bottes, et, il fallait bien l'admettre, ça valait la peine de la regarder un moment habillée comme ça.

Son corps si jeune était très étroit et mince comme il l'avait senti en la caressant, ses côtes clairement visibles sur les côtés de sa poitrine.

Sa peau était pâle et rose, évidemment quand il voyait rarement le soleil, et fraîche et lisse au toucher.

La finesse de sa taille accentuait ses seins de jeunesse fermes, qui pointaient vers le haut, très dressés et bien arrondis.

Ses mamelons étaient d'une couleur rose pâle, sortant avec empressement.

Il passa ses mains sur chaque sein, sentant leur fraîcheur, puis pressa son mamelon droit entre deux de ses doigts.

Le pendentif tomba sur son décolleté maintenant, et il ne fit rien pour lui rappeler sa présence.

Il se pencha, embrassant le haut lisse d'un sein, puis l'autre.

Il bougea pour lécher ses mamelons succulents, mais avant qu'il ne puisse, elle se pencha, embrassant la base de son sternum.

Il resta là, ne bougeant pas, appréciant la sensation de ses seins caressant son ventre, mais elle commença à se déplacer vers le bas, décrochant le cordon de sa culotte.

Presque à la hâte, elle les abaissa, pour que sa queue se libère.

Ils restèrent là un moment, il se demanda ce qu'elle ferait ensuite.

"Je suppose que c'est le cadeau de la déesse pour moi?" Il a demandé, sa voix douce et légèrement taquine.

Elle leva les yeux vers lui, et il acquiesça silencieusement.

"Alors tu devrais l'adorer à l'autel," répondit Jehnna.

Posant une main douce sur chaque hanche, le pressant de le faire, elle le retourna, jusqu'à ce qu'il soit dos au lit.

Il retira son pantalon de ses chevilles et obéit, allongé nu sur le dos devant elle.

Ses yeux étaient fixés sur son érection, alors qu'elle prenait quelques respirations pour se calmer.

Puis il s'agenouilla devant le lit, pencha la tête en avant et lui donna un tendre baiser à la base de son sexe.

Il la regarda, il ne pouvait voir son visage que sous cet angle, les pommettes étroites, les cheveux noirs, les grands yeux verts et les lèvres rouges sexy.

À ce moment-là, le fait qu'il ne puisse pas la voir ne lui importait pas du tout.

Elle écarta ses lèvres, et fit courir sa langue le long de sa queue, goûtant ses couilles puis se déplaçant vers la tête de la bite.

Il laissa échapper une profonde inspiration et se leva sur ses coudes, observant son visage.

Elle semblait incertaine, mais il semblait qu'elle n'avait pas besoin de conseils sur la marche à suivre.

Elle embrassa sa bite, levant une main pour prendre ses couilles, les massant avec ses doigts doux.

Puis elle retira son prépuce, exposant la tête étincelante, et l'embrassa avec ses lèvres mouillées.

Se penchant plus en avant, Jehnna ouvrit la bouche, enfonçant sa queue petit à petit.

Un gémissement s'échappa de ses lèvres, et elle leva les yeux vers lui, chatouillant ses couilles avec sa main.

Elle fit glisser son érection à l'intérieur et à l'extérieur, faisant courir sa langue sur la tige de sa queue, le lubrifiant alors qu'elle continuait à le taquiner avec ses doigts.

Au début, c'était lent, mais il a commencé à prendre de la vitesse, s'arrêtant de temps en temps pour le relâcher puis le poussant à nouveau.

La queue de cheval de ses cheveux se balançait contre son dos, avec des mèches lâches de sa queue tombant sur son ventre et ses hanches.

Sa main libre se tendit pour caresser son flanc, sentant la dureté de son ventre.

Ses yeux verts se fixèrent sur les siens, son expression incertaine et un peu nerveuse, comme si elle n'était pas sûre de faire les choses correctement.

Mais il n'y avait aucun doute dans l'esprit du guerrier.

Ses lèvres et sa bouche étaient douces, douces, et elles le rendaient fou; Conan savait qu'il ne pouvait pas supporter beaucoup plus de ces coups avec sa langue et sa bouche, et il se demanda si elle aimerait qu'il vienne dans sa bouche.

Le sentiment était enivrant, couplé avec le puissant soupçon qu'il n'avait jamais fait cela en particulier auparavant.

Sa propre respiration était dure et rapide maintenant, alors qu'il essayait d'éviter de jouir trop tôt.

Ou voulait-elle goûter son lait?

Il ne pouvait pas être sûr.

Elle prit une dernière gorgée, poussant son sexe aussi loin que possible dans sa bouche, puis la relâchant, sa salive brillant maintenant sur toute sa longueur.

Elle se lécha un doigt et lui sourit, les dents blanches.

Elle se leva, et son regard se déplaça d'abord sur ses seins, puis sur cette longue culotte qui lui cachait encore beaucoup de vue.

Visiblement, elle avait eu la même pensée, car, d'un seul mouvement, elle les abaissa et se jeta sur le lit à côté de lui.

Sa touffe sombre était clairsemée, avec presque pas de poils, et il pouvait voir quelques gouttes d'humidité entre ses jambes.

Le coup de sa queue l'avait excitée profondément, semblait-il.

Tant mieux, pensa-t-elle, levant la main sur son menton et l'embrassant une fois de plus, leurs langues entrelacées, le goût de sa bite toujours dans sa bouche.

Il serra ses seins, appréciant leur fermeté juvénile.

Cette fois, elle lui permit de l'embrasser là-bas, suçant son téton gauche avec sa langue, massant avec sa langue, puis ouvrant sa bouche pour presser autant de son sein contre lui qu'elle le pouvait.

Elle gémit et se tortilla sous lui alors qu'il se déplaçait vers son autre sein.

Il relâcha ses seins et lui donna un petit baiser à côté du pendentif religieux, la défiant de répondre.

Elle haleta, comme si elle l'avait soudainement réalisé, mais elle prit simplement sa tête entre ses mains et l'embrassa passionnément.

«J'espère que la déesse aime voir cela, même si ce n'est pas la façon de faire des enfants», a déclaré Conan en guidant la tête de Jehnna vers son membre.

Jehnna le regarda entre amusée et lascivement quand elle suça à nouveau sa bite avec sa bouche et passa à nouveau sa main entre ses couilles.

Maintenant, si vous étiez sûr de vouloir qu'il se retrouve dans votre bouche.

Il sentit que la nouvelle fellation que Jehnna donnait, sans s'arrêter, allait le faire finir d'un instant à l'autre sans remède.

La succion de sa bouche devenait de plus en plus rapide et les caresses des couilles de plus en plus amusantes pour elle.

Et elle n'arrêtait pas de le regarder dans les yeux alors qu'il le suçait, ce qui l'excitait encore plus.

Il sentit le lait commencer à remonter le long de sa queue dans la bouche de Jehnna.

Elle a dû aussi le sentir avec sa main sur ses couilles car elle a arrêté de les toucher et s'est concentrée sur recevoir son lait, tenant maintenant la bite à deux mains et arrêtant de la sucer pour ouvrir grand la bouche et laisser tomber le sperme en elle.

Il le sentit se vider complètement sur sa langue, sa bouche et une partie de son visage.

Il se pencha en arrière pour voir comment elle avala le sperme tandis qu'une partie du lait tombait de ses lèvres et de son visage vers ses beaux seins.

Elle se léchait les lèvres avec un sourire espiègle et obscène qui recommençait à l'exciter.

Il remarqua à quel point sa bite devenait à nouveau dure.

Alors il glissa sa main entre ses jambes, remarquant à quel point la deuxième pipe l'avait rendue encore plus humide qu'avant.

Sa chatte était presque trempée de jus et elle était chaude et douillette et douce au toucher.

Elle était prête, prête pour l'acte final de dévotion.

Il se leva du lit, la regardant rouler sur le dos, son regard légèrement interrogateur.

Il remarqua qu'elle portait toujours ses bottes, le cuir brun doux recouvrant la plupart de ses mollets.

Cela n'avait pas d'importance.

Il écarta ses jambes et la fit glisser jusqu'au bord du lit.

Il se pencha et passa un doigt sur sa chatte, séparant ses douces lèvres, voyant l'humidité rose en elle.

Elle haleta, son corps tremblait, et il attrapa ses cuisses, soulevant ses fesses.

Ses jambes chevauchaient sa poitrine, ses bottes sur ses épaules, sa chatte écartée devant lui.

D'un mouvement brusque, il poussa à l'intérieur, la faisant crier de plaisir.

Encore et encore, il poussa, tenant ses cuisses fermement contre son corps.

Elle gémit et haleta, ses hanches pompant en réponse à ses poussées, ses seins rebondissant d'avant en arrière avec la force de ses efforts.

Il continua, poussant plus fort, commençant à gémir maintenant que les cris de Jehnna emplissaient la pièce.

Ses yeux étaient grands ouverts, se concentrant sur les siens, sa poitrine se soulevant alors qu'il continuait de bouger, le pendentif couché sur le côté maintenant, prisonnier de la sueur de sa passion.

Avec une dernière poussée, il s'enfonça dans sa chatte, criant son nom alors que sa graine chaude se déversait en elle.

Son corps entier a convulsé alors que son vagin se contractait, les vagues de son orgasme s'accumulant sur elle.

Le plus grand cadeau de Muriela à l'humanité.

CHAPITRE VI
ZULA

"Ils représentent une grande menace pour la ville", a déclaré Valeria, plaçant les vieux rouleaux sur la table.

Ils s'étaient rassemblés dans la salle à manger de la villa, à la demande de l'elfe.

Conan s'est rapidement rendu compte qu'il avait quelque chose d'important à leur dire, quelque chose qu'il avait récemment trouvé dans certains documents anciens.

Mais pour lui, il lui semblait trop tôt pour une autre expédition.

Ils étaient à peine revenus du dernier.

Certains aventuriers ont passé toute leur vie à explorer des ruines antiques, mais ce n'était pas une façon de vivre une vie.

À quoi bon gagner autant d'argent et de trésors si vous n'avez jamais le temps de dépenser et d'en profiter?

Bien sûr, il y avait des gens qui étaient totalement dévoués à lutter contre le mal, qui ne se sont jamais reposés au combat, et c'était admirable, mais ce n'était pas un guerrier sacré.

Cependant, il était sûr que Valeria ne les convoquerait pas sans raison valable, et il était prêt à écouter ce qu'elle avait à dire.

La sorcière elfique était intelligente, une amie fidèle, et non quelqu'un qui sautait imprudemment à l'aventure.

Si elle pensait que quelque chose était important, c'était probablement le cas.

Et une menace pour la ville, il devait admettre, serait certainement un gros problème.

Et Valeria, en plus d'être intelligente, était aussi très belle, vraiment, et si elle avait été une personne différente, elle aurait fait tout son possible pour coucher avec elle il y a longtemps.

Mais il y avait des règles tacites qu'il jugeait sage d'obéir.

Il n'avait jamais couché avec un autre membre du groupe, et il n'en avait jamais eu l'intention.

Cela créerait trop de complications, voire de risques, compte tenu de son occupation dangereuse.

Il y avait beaucoup plus de femmes dans le monde, et en plus, il en était venu à considérer le groupe presque comme sa propre famille.

"Ils sont le récit d'un groupe d'aventuriers, il y a des centaines d'années", expliquait Valeria, "mais, malheureusement, ils sont incomplets. Il y a quelques cartes, mais il n'y a aucune indication de l'endroit exact où les endroits indiqués pourraient être. au-delà du fait qu'ils sont souterrains, quelque part en dessous de cette ville. "

Conan hocha la tête.

"La ville actuelle est construite sur les ruines d'une ville beaucoup plus ancienne, c'est vrai. Mais il ne reste plus grand-chose, et rien du tout sur le terrain. Cependant, étant donné le temps que Tarantia est là, rien en dessous. il a été entièrement exploré il y a longtemps. "

"Peut-être," répondit Valeria, "mais que se passerait-il si quelque chose était modifié à une date ultérieure? Les ruines antiques, telles qu'elles sont, ont dû être scellées. Nous n'en saurions pas grand-chose. Bien sûr, ce n'est pas sûr. il y a probablement beaucoup de voyages sur le chemin du but, mais cela ne veut pas nécessairement dire qu'il n'y a rien là-bas. Et ces vieux aventuriers ont certainement trouvé quelque chose. On ne sait pas vraiment de quoi il s'agit, sauf que cela semble attirer les monstres et comment indique, ou du moins c'est ce qu'ils croyaient, s'il devenait assez puissant, il s'élèverait des profondeurs et prendrait le contrôle de la ville. Je pense qu'ils se réfèrent à quelque chose d'enfer, c'est très probable, mais avec les documents aussi incomplets soient-ils, c'est juste un supposition. "

"Mais il n'a pas pris le contrôle de la ville," nota Zula, "sinon nous ne serions pas là. Quel est le problème?"

«Non, il ne l'a pas fait, parce qu'ils l'ont arrêté. Mais, d'après ce que je peux dire, ils ne l'ont pas tué, ils l'ont juste enfermé dans quelque chose, des protections pour l'empêcher de s'échapper. Ce qui, de son point de vue, était plus que suffisant. Mais les sorts ne durent pas éternellement, et le magicien du groupe semblait penser qu'ils s'affaibliraient après quelques siècles. Ce qui nous amène à aujourd'hui. "

Yasimina, qui s'amusait certainement à ça, se pencha en avant sur son siège.

"Pensez-vous que la menace pourrait être à nouveau active maintenant, ou très bientôt?" Puis il s'arrêta un moment, fronçant légèrement les sourcils, "Mais pourquoi ne l'expliques-tu pas clairement? Si j'enfermais un démon dans une crypte en contrebas de la ville, et savais qu'il s'échapperait, même si c'était dans cinq cents ans, je m'en assurerais. laisser un avertissement très clair pour les générations futures et ne pas dire qu'il y a un danger caché quelque part sous terre. "

Valeria soupira: "Je suis d'accord, et je crains qu'une fois de plus l'incomplétude des documents rend difficile de dire pourquoi ils ne l'ont pas fait. De toute évidence, ils ont fait beaucoup de victimes, il semble que seuls deux d'entre eux ont survécu, y compris le auteur de ce journal. Cependant, j'ai l'impression qu'ils ont pu être expulsés de la ville, sans pouvoir laisser aucune sorte d'avertissement clair, à part cela. "

«Très bien», a déclaré Yasimina, assumant soudainement un rôle commercial, «supposons que nous croyons à cette histoire. La ligne de conduite évidente serait d'avertir les autorités. Espérons qu'elles nous embaucheront pour faire face à la menace, et nous aurions beaucoup plus de soutien de cela. Donc, si nous le faisions seuls. Et d'après ce que je peux voir, il n'y a aucune raison évidente pour laquelle nous devrions nous en occuper seuls. Il est difficile de penser que cela pourrait être une expédition typique. Mais s'ils nous ignorent, alors nous devons réfléchir une autre approche ".

«Nous ne pouvons pas faire ça», dit Valeria en secouant la tête, «cette chose, quelle qu'elle soit, avait la capacité d'influencer les gens partout dans la ville. Il y a des passages écrits ici qui disent que les aventuriers courent de grands risques, même quand ils sont dans la ville, puisque les serviteurs de l'être les connaissaient et ont agi. Il est évident qu'à cette époque, ces serviteurs faisaient même partie du gouvernement de la ville. Maintenant, ce n'est peut-être pas le cas, que Cela ne s'est produit qu'une seule fois, ou cela s'est peut-être beaucoup répandu, et il y a encore des serveurs cachés en ville. Mais nous ne pouvons pas le savoir avec certitude, donc je pense que nous devrions garder cela aussi caché que possible jusqu'à ce que nous en sachions plus. Je pense nous devons enquêter là-dessus, et le plus tôt possible, et moins il y a de gens qui le savent, mieux c'est. "

Yasimina se pencha à nouveau sur sa chaise, plongée dans ses pensées.

Conan décida qu'il valait mieux la laisser réfléchir.

Elle était le chef du groupe, du moins de manière tacite, et il respectait ses décisions.

Enfin le paladin parla.

«Nous pourrions enquêter, comme vous le dites. Commençons par trouver comment entrer dans ce qui se trouve sous la ville. Nous pouvons le faire sans que les gens découvrent notre véritable objectif, sûrement. Quelqu'un a-t-il des suggestions sur par où commencer?

"C'est possible", dit Snagg, parlant pour la première fois, "je fais ..."

* * *

Il s'est avéré que Zula n'était pas nécessaire pour la première partie de la mission dans la recherche d'informations.

Alors, ayant un après-midi libre devant lui, et ayant déjà pensé aux grottes et aux sources chaudes de la ville, il décida de prendre un bain.

Laissant Snagg et les autres planifier la marche à suivre, elle prendrait du temps pour se détendre.

Il entra dans sa chambre, fermant le loquet pour son intimité.

Dès qu'elle l'a fait, les souvenirs de cette nuit d'il n'y a pas si longtemps la remplissaient à nouveau.

Yakin était ailleurs dans le village à l'époque, et cette nuit-là, tout ce qu'elle avait pu faire était de l'espionner.

Ce n'était pas comme s'il y avait une chance réelle d'avoir une intimité physique avec lui; leurs races respectives constituaient une barrière aussi grande que jamais, et rien n'avait changé depuis.

En fait, elle espérait qu'il ne savait jamais ce qu'elle avait fait.

À bien des égards, c'était une trahison, et même pas une qu'elle pouvait commencer à expliquer à qui que ce soit, encore moins à lui-même.

Mais, si rien n'avait vraiment changé du point de vue de Yakin, c'était différent pour elle.

Elle l'avait souvent imaginé plusieurs fois auparavant, de ce qui pourrait arriver si seulement il était un gobelin comme elle.

C'étaient des fantasmes agréables, mais les fantasmes étaient tout ce qu'ils étaient et le seraient toujours.

Elle n'avait pas entendu parler de magie qui pourrait faire cela, et même si c'était possible, il était difficile de penser pourquoi Yakin serait prêt à subir la transformation.

Il aimait probablement être un humain, après tout.

Mais maintenant, depuis cette nuit-là, elle rêvait davantage de lui.

C'était vraiment ridicule.

Alors elle l'avait vu nu?

Était-ce vraiment si différent de la façon dont il l'avait imaginé, que maintenant ses pensées devraient être remplies de désir?

C'était pourtant ce qui s'était passé.

La partie qu'il essayait d'ignorer, pensa-t-il, en enlevant ses bottes et en plongeant un pied dans l'eau chaude du bain pour vérifier la température de l'eau, était, comme toujours, l'incompatibilité de taille.

A part ça, les humains et les gobelins se ressemblaient.

Après tout, c'était pour ça qu'elle le voulait.

Mais, si Yakin avait quelque chose qui ressemblait à un gobelin, il était gigantesque de stature de son point de vue.

Avec, comme elle le savait déjà, un pénis entièrement proportionnel.

Elle pouvait l'imaginer debout là, devant elle, comme il s'était tenu devant le bain cette nuit-là, laissant tomber sa bride et sa bite dure poussant librement sur son visage.

Elle secoua la tête, chassant l'image de son esprit.

Cela ne servait qu'à lui rappeler le gouffre qui les séparait, et cela ne servirait pas à s'y attarder.

Il devrait y avoir un miroir dans la salle de bain, se dit-elle en retirant le peignoir de sa tête et en le plaçant sur la table de bout.

Mais il n'y en avait pas, et elle devait s'imaginer comment il la verrait.

Elle fit courir ses mains sur ses côtés.

Elle était assez mince, avec un ventre plat et des hanches féminines.

Alors sûrement, elle ne lui paraîtrait pas trop enfantine?

Elle prit ses seins en coupe, sentant leur forme.

Il n'y a certainement rien de tel qu'une fille là-bas, même si elle ne pouvait pas dire qu'elle avait une poitrine très luxuriante.

Bien sûr, elle n'avait aucune idée de ce que Yakin préférait chez les femmes.

S'il avait une petite amie, elle n'en savait rien.

Il espérait que non, bien que ce souhait soit à la fois égoïste et finalement futile; elle ne voulait tout simplement pas l'imaginer avec quelqu'un d'autre.

Elle pinça son téton rose, puis retira sa main.

Ce n'était peut-être ni le moment ni le lieu.

Elle avait mis le loquet sur la porte, mais les autres n'étaient pas loin, discutant de choses sur les catacombes en contrebas de la ville, sans doute.

Vous devriez prendre une douche et en finir, et peut-être vous retirer dans votre lit par la suite.

Il a enlevé ses vêtements restants de manière professionnelle, les a soigneusement rangés, a attrapé une serviette et s'est arrêté au bord de la salle de bain.

Bien sûr, le bain de pierre était grand, destiné aux humains, pas aux gobelins ou aux nains.

Elle était bordée de marbre, avec des tuyaux en dessous qui reliaient aux sources chaudes, gardant l'eau chaude, bien que, heureusement, il ne fasse jamais très chaud, et il y avait du charme pour éviter cela, pensa-t-il.

Un rebord sur un côté vous permettrait de vous asseoir, plutôt que de devoir utiliser l'endroit comme une petite piscine, car vous pourriez difficilement vous allonger sur le fond.

L'eau ondula, permettant un reflet déformé de son corps.

Pas aussi bon qu'un miroir, pensa-t-il à nouveau.

Quoi qu'il en soit, tout ce qu'il a fait était de lui rappeler une fois de plus les pensées de Yakin.

Elle se regarda.

Il avait de bonnes cuisses, pensa-t-il, bien bâties plutôt que trop grasses ou trop fines.

Son ventre était étroit et des poils bouclés foncés contre la peau pâle de ses hanches.

C'était une femme, une femme adulte.

Mais même s'il pouvait la voir nue, était-ce ainsi qu'il la considérerait, ou comme une étrange poupée?

Elle entra dans l'eau, s'assit sur le rebord, savourant la chaleur et l'humidité contre sa peau, appréciant la sensation.

Il appuya sa tête contre le bord de pierre, le niveau de l'eau s'élevant juste en dessous de ses épaules.

Elle a attrapé le savon parfumé sur la serviette, s'est aspergée d'eau et a commencé à mousser.

Au début, elle a réussi à ignorer les pensées de Yakin, allongé dans la même piscine, même en utilisant le même savon, mais alors qu'elle descendait pour faire mousser ses seins, ses tétons se durcissaient involontairement, imaginant comment ses mains auraient envie de la caresser.

Merde, ça ne la menait nulle part.

Elle pouvait aussi céder aux pensées, apaisant sa tension de la seule manière possible.

Il voulait se libérer, mais il ne pouvait pas débarrasser son esprit de la distraction avant qu'elle ne l'ait fait.

Merde Yakin, pourquoi un homme humain devait-il être si beau?

Elle remit le savon sur la serviette et mit ses mains entre ses jambes.

Elle soupira, un léger souffle passé ses lèvres.

Cela faisait du bien; c'était ce dont elle avait besoin.

Sous l'eau, il glissa un doigt dans sa chatte, le déplaçant vers le haut pour se frotter contre son clitoris.

Elle ferma les yeux, imaginant Yakin devant elle, de la taille d'un gobelin.

Que ferait-il, s'il était un leprechaun, et dans la salle de bain avec elle?

Il faudrait que ce soit en bas, bien sûr.

Et puis, oui, il l'embrassait et lui frottait les seins.

Elle bougea sa main libre pour le sentir, glissant son téton entre deux de ses doigts.

Puis il la soulevait, les hanches aux hanches, avec ses jambes enroulées autour de ces cuisses fermes, et la pénétrait.

Elle poussa son doigt encore plus profondément avec ses pensées, le faisant glisser lentement vers l'intérieur et vers l'extérieur.

Elle se lécha les lèvres, imaginant le goût de sa bouche, comment sa poitrine se sentirait contre la sienne, prétendant que la chaleur du bain était la chaleur de son corps.

Il garda les yeux fermés, ne voulant pas gâcher l'image avec un aperçu de la pièce vide, et continua à explorer sa chatte.

Ce serait doux et lent, sa manière habituelle d'être, prévenante et calme, alimentant toujours son extase.

Étant elfe dans ses fantasmes, il pouvait lui faire ça, mais en tant qu'humain, jamais.

De manière inattendue, une image lui vint à l'esprit.

Yakin, grandeur nature maintenant, la penchant en avant, la tenant contre ses hanches, l'attrapant par derrière, ses talons tambourinant sur ses genoux.

La pensée était soudaine, choquante, et elle se demanda brièvement de quelle partie de son esprit cela venait.

Il savait qu'une partie d'elle le voulait comme un être humain, le voulait même dur, envahi par la luxure, la baisant.

Il enfonça un deuxième doigt dans sa chatte, sa respiration plus forte maintenant, et il tordit un mamelon avec sa main libre, appréciant la légère douleur pendant qu'il le faisait.

Oui, elle voulait le baiser!

Elle essaya de retrouver son image de taille gobeline, mais la pensée de son énorme bite dressée la submergea, même si elle ne l'avait jamais vu dans un tel état.

Quelle serait sa taille, se demanda-t-il brièvement?

Six, sept pouces?

Et, bonne déesse, qu'en est-il de l'épaisseur?

Elle aurait aimé avoir apporté quelque chose avec elle ... quelque chose avec une poignée, peut-être ... quelque chose, n'importe quoi, avec lequel elle pourrait tester sa tolérance.

Mais elle ne l'avait pas fait, et si elle l'avait fait, ce ne serait guère la même chose que la sensation d'une bonne bite vivante la frappant.

Elle se mordit la lèvre, souhaitant ne pas crier, les autres n'étaient qu'à une ou deux pièces.

Son corps s'arqua contre la pierre, glissant légèrement sur le rebord, ses hanches se déplaçant par réflexe en contrepoint de ses doigts poussés.

Elle ne se souciait pas de savoir si Yakin était humain ou gobelin maintenant, elle voulait juste sa bite en elle.

Il envisagea brièvement de sortir de la salle de bain, trouvant une surface plus sèche et moins glissante sur laquelle s'appuyer, mais c'était trop loin pour que ce soit une option maintenant.

L'eau se répandit contre ses épaules et elle se mordit la lèvre plus fort.

Son clitoris était en feu ... à tout ... moment ... MAINTENANT ...

Elle convulsa, poussant un petit gémissement involontaire alors que la chaleur blanche la submergeait.

Pendant qu'elle le faisait, ses fesses, déjà dans une position instable sur l'étagère, glissaient librement, la tirant sous l'eau alors que ses jambes s'effondraient sous elle.

Un instant plus tard, il poussa sa tête vers la surface, saisissant le rebord avec sa main gauche.

Il resta comme ça pendant un moment, haletant, les yeux écarquillés dans une lueur post-gazeuse.

Enfin, elle écarta ses cheveux mouillés de son visage, les rejeta en arrière, puis s'abattit à nouveau avec l'eau.

Zula laissa échapper un long soupir de pur bonheur.

Cela avait été bien.

Très bon ...

CHAPITRE VII
CASSANDRA

Cassandra se réveilla alors que le soleil commençait à descendre dans le ciel, projetant sa lumière orange du coucher du soleil à travers la fenêtre étroite de son loft.

Il avait dormi une grande partie de la journée, ce qui n'était pas inhabituel.

Elle préférait la nuit au jour, car quand la lumière du soleil était forte, les choses qui pouvaient être faites étaient trop visibles et elle n'aimait pas ça.

Et d'ailleurs, la nuit, elle voyait mieux que les humains, voire les elfes, lui permettant de voir sans être vue.

C'était pratique, surtout compte tenu de ses délicates actions choisies pour les relations d'affaires, mais il y avait aussi, pensa-t-il, plus de beauté dans la nuit.

Le ciel de Tarantia était souvent clair, un avantage de son environnement aride, qui permettait aux étoiles et aux lunes de briller au milieu de l'obscurité veloutée.

Et l'obscurité était bien plus belle que la lumière du jour.

La façon dont les choses rétrécissaient dans les ombres les rendait en quelque sorte plus propres, plus pures qu'elles ne l'étaient lorsque la lumière du soleil exposait leur réalité.

Son héritage diabolique aurait également pu être pertinent, bien sûr.

Il glissa hors du lit, repoussant les draps minces en place, et s'habilla rapidement.

Elle n'avait pas une large gamme de vêtements, juste assez de pièces de rechange pour s'assurer que certaines étaient toujours propres, et ses goûts étaient simples et pratiques, assez.

Peut-être que si, un jour, son travail la conduisait à une fête bien habillée de la classe supérieure, elle devra peut-être acheter une robe chère, mais l'idée ne lui plaisait pas.

Alors il a mis des lanières de cuir serrées et un lambeau avec une chemise sans manches en coton.

Les vêtements montraient sa silhouette, la faisant paraître plus galbée et attirante qu'elle ne le pensait elle-même.

Dans ses propres pensées, ses difformités engendrées par l'enfer étaient tout ce qui comptait vraiment.

Après avoir enfilé ses bottes jusqu'aux mollets, elle s'arrêta pour se regarder dans le miroir et relâcha ses cheveux emmêlés de sommeil pour cacher ses cornes du mieux qu'elle put.

Avec eux cachés, elle avait l'air plus humaine que jamais, avec un visage ovale et pâle et des cheveux bruns mi-longs avec un soupçon d'auburn.

Ses yeux la trahissaient, cependant, parce que sa teinte rougeâtre sombre pas trop naturelle était facilement visible par quiconque s'approchait d'elle.

Elle a essayé de ne pas laisser cela arriver trop souvent.

Satisfaite de son apparence, elle ajusta sa ceinture et enfila la cape noire à capuchon qui était sa meilleure protection pour ne pas être vue clairement, et quitta la pièce en posant le piège de la fléchette empoisonnée qu'elle laissait toujours dans la serrure, au cas où.

Il n'y avait qu'un seul escalier étroit sur le palier, menant à d'autres étages jusqu'au niveau de la rue.

C'était un quartier pauvre de la ville, car il lui était difficile de vivre dans un endroit plus sain.

Un jour, peut-être, l'argent qu'elle avait gagné lui permettrait un meilleur endroit, mais il devrait être très privé, et elle savait qu'elle ne pourrait jamais se permettre le genre de discrétion dont Lady Gedren avait besoin pour vivre en tant que marchande elfe noire dans une ville humaine.

C'était souvent le cas des demi-démons.

Lorsqu'il quitta le bâtiment, le soleil se couchait déjà sous l'horizon et les ombres commençaient déjà dans les rues.

Elle avait appris ce qu'elle pouvait sur les aventuriers auxquels Gedren voulait qu'elle vole.

Assez pour savoir que les affronter de front n'était pas une proposition sensée, même si cela avait été sa préférence.

Ce n'était pas surprenant, puisque les aventuriers étaient parmi les adversaires les plus meurtriers.

En supposant qu'ils aient survécu à leurs premières expéditions, avec cela seul, ils auraient déjà fait face à plus d'horreurs que la plupart des gens n'en rencontreraient dans leur vie, et ils ont vécu pour raconter l'histoire.

Sans parler du butin magique utile qu'ils auraient réussi à obtenir.

Non, le combat direct n'était pas une option.

Mais elle le savait déjà: elle avait juste besoin de confirmer.

La question suivante était la sécurité de votre maison, à quel point il serait facile ou difficile d'entrer et de sortir sans être détecté.

C'était malheureux qu'ils ne vivaient pas seulement à l'extérieur d'une auberge, comme beaucoup le faisaient, mais qu'ils étaient trop intelligents et réussis pour cela.

Alors ce soir, elle apprendrait ce qu'elle pourrait de son village.

* * *

Il est resté dans l'ombre aussi longtemps qu'il a pu, ce qui a été facilité par la nuit.

La plupart des gens du quartier en savaient assez pour ne pas commenter sa cape à capuche habituelle, et en plus d'ici, elle n'était pas la seule à vouloir éviter l'attention de toute façon.

En général, peu de commentaires ont été faits sur les passants dans cette partie de la ville.

Pourtant, il se glissa dans les ruelles dès qu'il le put, parcourant énergiquement des passages qui lui étaient familiers depuis l'enfance.

* * *

Elle les a vus bien à l'avance, bien sûr.

En fait, elle les avait probablement vus avant qu'ils ne la voient.

Mais elle leur avait peu réfléchi, seuls deux nouveaux venus dans la ville, perdus dans les ruelles.

Et ils étaient clairement des nouveaux venus, par leur style vestimentaire, et toujours avec la poussière du voyage sur leurs vêtements.

Ils étaient émaciés, quelque peu déchirés, ayant clairement traversé des moments difficiles, comme beaucoup l'avaient fait ici.

Peut-être cherchaient-ils une pension bon marché, ou même un appartement protégé pour la nuit.

L'un d'eux est soudainement apparu devant elle, lui bloquant le chemin.

Ses yeux se levèrent d'agacement, car il mesurait environ deux pouces de plus qu'elle.

Elle nota ses cheveux raides et ses poils sur son menton, ses narines assaillies par une odeur de sueur et de crasse mêlée à un soupçon clair d'un peu d'alcool.

Il tenait un couteau dans une main, le pointant sur elle.

«Votre argent, maintenant,» demanda-t-il, l'odeur d'alcool frais dans son haleine.

"Je ne pense pas," dit-elle calmement, sa main bougeant déjà subrepticement sous sa cape.

Il soutint son regard, trop ivre ou trop stupide pour lire le regard dans ses yeux ou pour remarquer leur couleur contre nature.

Ou peut-être qu'il faisait trop sombre pour eux.

Son amie tournait déjà derrière elle, lui coupant la voie de fuite.

Tant pis pour eux.

Quelle était la probabilité que la maison soit vide, par exemple?

Le mieux serait d'avoir une idée de l'endroit où ils gardaient leur trésor lorsqu'ils ne l'utilisaient pas.

Il devait y avoir un caveau quelque part, et il serait évidemment préférable qu'elle n'ait pas à fouiller tout le village pour le trouver.

Bien sûr, pensa-t-il tristement, toute chance qu'ils diffusent des informations à ce sujet était vraiment limitée.

La lumière du réverbère se répandit dans la cour et à l'étage de la villa.

Beaucoup de gens se sont endormis dès la tombée de la nuit, et le crépuscule s'approfondissait déjà au-delà du moment où un humain pouvait lire sans aide.

Ou faites autre chose sans source de lumière, d'ailleurs.

Mais les aventuriers étaient toujours actifs.

Lors de son deuxième pas à travers les portes de l'enceinte fortifiée, il s'approcha aussi près qu'il l'osait sans être trop évident, et entendit le bruit de la conversation de l'intérieur.

Donc au moins certains d'entre eux se trouvaient dans la cour maintenant, pas dans le bâtiment.

Et cela lui a donné une idée.

Il regarda les bâtiments voisins.

Comme la villa elle-même, la plupart avaient deux étages, ce qui signifiait qu'à partir du deuxième étage, vous devriez voir par-dessus le mur de la cour.

Les rues se vidaient, mais Cassandra était tout de même prudente en se glissant dans l'allée derrière ce qui semblait être une maison normale.

La maison était donc sombre, soit personne n'était à la maison, soit ils s'étaient déjà couchés, et les deux cas convenaient à leurs besoins.

Regardant autour de lui pour s'assurer qu'elle était seule, elle monta sur une fenêtre du rez-de-chaussée, saisissant le linteau au-dessus.

Se déplaçant silencieusement mais avec confiance, il s'appuya contre le mur.

Heureusement, il était suffisamment orné pour que ce ne soit pas une grande difficulté pour une personne expérimentée de grimper, contrairement aux murs lisses de la villa elle-même.

Au premier étage, juste au moment où il atteignait le bord du toit plat, il se figea en entendant des sons de l'intérieur.

L'endroit n'était peut-être pas aussi vide qu'elle l'avait pensé.

"Mister Imp," dit une voix de femme d'une manière manifestement fausse, "Je ne sais pas si je devrais me mouiller ici. Et si vous pouviez voir certaines choses?"

La façon dont il parlait donnait à Cassandra l'impression qu'il parlait peut-être à un chat ou à un autre animal de compagnie, et le nom ridicule soutenait cette théorie.

Mais au lieu de cela, la voix d'un homme a répondu:

"Oh, mais je te promets que je ne regarderai rien que tu ne veux pas que je voie."

"Autant que vous ne faites rien de mal ... ce serait trop excitant!"

Cassandra laissa échapper son souffle quand les deux arrêtèrent de parler et entra dans ce qui était vraisemblablement une chambre.

Ils ne semblaient pas aller au plafond, c'était tout ce qui comptait.

Elle a brièvement pensé à choisir une autre maison, mais il était un peu tard pour cela.

Avec le couple sûr hors de portée de voix, il monta au sommet de l'immeuble.

Le toit, comme tant d'autres, était plat, entouré d'un muret et d'une trappe qui conduirait à la maison elle-même.

Elle était convaincue que les habitants étaient allés dans le coin opposé de la maison et, avec un peu de chance, ils allaient maintenant dormir, la laissant en sécurité.

Avec une furtivité presque féline, il traversa le plafond et s'allongea du côté qui faisait face à la villa, regardant par-dessus le mur, qui ne mesurait que 20 cm de haut.

Elle était dans l'obscurité, et le village était illuminé; il était peu probable qu'ils puissent la voir de là, même s'ils regardaient exactement dans sa direction, ce qu'ils n'avaient aucune raison de faire.

Il pouvait entendre rire d'en bas, interrompant de temps en temps pour que la femme irritante fasse un commentaire idiot ou autre chose.

Elle espérait qu'ils se taire bientôt, ou du moins que la femme le ferait, car elle semblait être celle qui parlait le plus, puisque, dans ce cas, elle pourrait même avoir l'occasion d'entendre une conversation depuis la villa.

Mais il devait écouter attentivement, et pour cela il lui fallait au moins un peu de silence.

Les aventuriers étaient clairement en train de dîner en plein air.

Ils avaient une grande table dans la cour, entourée de chaises, et de nombreuses lanternes accrochées aux murs.

Ils avaient visiblement fini de manger, et pendant qu'elle regardait, une jeune servante nettoyait la vaisselle.

Il pourrait être un problème; il était susceptible d'être dans le village même lorsqu'ils étaient absents.

Bien sûr, ce ne serait pas très difficile pour elle de gérer cela si elle devait se battre contre lui, mais cela compliquerait les choses, et elle préférerait éviter cela si elle le pouvait.

Après tout, elle n'aimait pas laisser une traînée de corps derrière elle, même si c'était parfois nécessaire.

Il y avait plus de monde dans la cour qu'elle ne le savait, ce qui suggérait qu'il y avait des invités.

Trois des aventuriers qu'elle identifia immédiatement.

Le nain doit être Snagg et Zula la femme gobeline.

Le bel homme aux cheveux noirs et à la barbe courte était probablement Conan, et d'ailleurs, il était le seul qui, à part Snagg, ne portait pas une sorte d'uniforme.

Les autres, cependant, étaient moins faciles à cerner.

Elle cherchait aussi, pour autant qu'elle sache, une sorcière elfique et un paladin humain, tous deux des femmes.

Cependant, avec de la malchance, les six autres personnes autour de la table comprenaient quatre femmes, deux elfes et deux humains, tandis que les deux autres invités étaient des hommes.

Les hommes qu'elle pouvait déjà rejeter de toute façon, d'abord parce qu'ils étaient des hommes, et ensuite parce qu'ils étaient tous deux vêtus de l'uniforme de l'église d'Ymir, le dieu de l'honneur, l'un chevalier et l'autre clerc.

Ils devaient être amis avec Lady Yasimina, le paladin et chef du groupe, et elle savait qu'ils ne vivaient pas ici, donc ils n'étaient pas une préoccupation immédiate.

Les deux femmes humaines avaient les cheveux clairs et portaient des robes élégantes.

Il fallait être Lady Yasimina elle-même, mais pour le moment, elle ne savait pas laquelle était laquelle.

L'un des elfes avait de longs cheveux blonds, et l'autre les avait coupés près de la nuque, mais elle n'avait pas une description assez précise de Valeria pour l'aider.

Ses vêtements n'ont pas non plus aidé, car l'un d'eux aurait pu être une sorcière ...

Valeria serait-elle vêtue d'un costume traditionnel pour les elfes ou d'une simple robe blanche dans le plus pur style humain?

Il n'y avait aucun moyen de savoir.

«Oooh, Mister Imp! La femme a crié d'en bas, manifestement sous le coup d'un faux choc. "Vous pouvez voir mes piquiers! Qu'est-ce qu'on fait?"

Cassandra serra le poing, souhaitant que la femme ridicule se taise et en ait fini avec ça.

Mis à part le non-sens qu'il parlait, seule sa voix était agaçante et perçante, un grincement perpétuel et aigu.

Quel que soit « Mister Imp », l'homme avait très mauvais goût pour les femmes.

Elle a essayé de se concentrer à nouveau sur le groupe de l'autre côté de la rue, mais avec le bruit de la maison en dessous d'elle, il était impossible d'entendre ce qu'ils disaient.

Le domestique était resté dans le coin de la cour, à l'extérieur du cercle, comme s'il attendait d'autres instructions, mais les autres buvaient du vin et bavardaient entre eux.

C'était une nuit claire, avec un ciel sans nuages ... elle aurait sûrement pu les entendre s'il n'y avait pas eu les interruptions en bas.

"Oooh, tu ne dois pas me toucher là-bas, ce serait dommage!"

L'homme, qui était resté en grande partie silencieux jusqu'à présent, l'interrompit par sa propre interjection.

"Kitten Girl, suce ma bite!"

Dieu merci, pensa Cassandra, puisque cette action a finalement fait taire la femme.

Peut-être que l'homme s'était ennuyé de ses bavardages comme elle l'était et avait pensé à un moyen efficace de la faire taire.

Avec les sons ci-dessous, au moins temporairement coupés, il était possible, comme elle le soupçonnait, d'entendre des extraits de la conversation du groupe.

Il est vite devenu clair que les invités n'étaient pas des aventuriers, mais que trois d'entre eux étaient associés au temple d'Ymir.

Puisque cela incluait la femme elfe en robe blanche, l'autre elfe devait être Valeria.

Il était également évident que Conan flirtait avec l'elfe aux cheveux courts, bien que Cassandra ait senti à partir de son langage corporel que les choses ne s'étaient pas trop rapprochées entre eux.

Pourtant, s'il avait un faible pour les femmes, cela pourrait être quelque chose qu'elle pourrait utiliser.

Alors que les aventuriers décrivaient actuellement leurs derniers exploits, il devint rapidement clair laquelle des femmes humaines était Yasimina.

Il n'y avait aucun indice réel quant à l'identité de l'autre, qui ne semblait pas beaucoup parler et, parfois, semblait un peu gênant.

Plus important encore, Cassandra espérait pouvoir obtenir des indices sur son trésor grâce à l'histoire de la façon dont ils l'avaient trouvé.

De toute évidence, il y avait une sorte de tombe souterraine profonde impliquée, dans le désert du nord.

L'endroit idéal, supposait-il, pour trouver une sorte d'objet de magie noire qui correspondait à la description de Lady Gedren.

Si elle pouvait écouter un peu plus, alors ...

"Mon Seigneur Imp me fera-t-il la même chose avec moi maintenant? Je suis sûr qu'il le fera! Puisque je suis un peu mouillé entre mes petites cuisses, mon Seigneur Imp peut-il penser à quelque chose à faire pour que je me sente mieux?"

Cassandra serra les dents et résista à l'envie de se cogner la tête contre le mur.

Ou, mieux encore, descendez et tuez l'idiot.

Sans le fait qu'un meurtre attirerait trop l'attention, elle n'était pas sûre d'avoir eu la force d'éviter de le faire.

Vos voisins pourraient même vous en remercier.

"Oh merde, ouais," dit la voix de l'homme, suivie d'un long cri de joie de la part de la femme.

Si elle avait parlé avant, maintenant c'était encore pire.

Sa voix aiguë et nasillarde, qui semblait avoir du verre brisé, alternait et hurlait comme une sorte d'animal torturé, entre des exhortations occasionnelles à son amant et le bruit d'une vigoureuse gifle.

Cassandra se demanda, à en juger par les sons, s'il lui donnait une fessée aussi, même si elle aurait pensé que l'étranglement aurait été une meilleure option.

Le demi-démon prit sa tête entre ses mains et regarda les autres bâtiments à proximité.

Ce serait difficile d'y arriver, mais cela en vaudrait la peine.

Bien que, étant plus éloigné de la villa, cela peut ne pas aider beaucoup.

Combien de temps ces deux idiots resteront-ils ainsi?

Enfin, juste au moment où il commençait à penser à des moyens de les tuer qui pourraient éviter de provoquer une attention indésirable, l'homme poussa un fort gémissement, et le couple tomba dans un silence heureux.

Cassandra retira ses mains de ses oreilles et se retourna vers le balcon.

Malheureusement, les invités semblaient partir.

Toute information supplémentaire qu'il aurait pu obtenir était déjà partie pour toujours.

Il voulait frapper le plafond de frustration, mais cela aurait fait du bruit, alertant le couple maintenant silencieux en dessous.

Il n'y avait, soupçonnait-il, plus rien à apprendre.

Alors, aussi vite et silencieusement qu'il le put, il se dirigea vers le mur du fond pour redescendre.

Le plus tôt je sors d'ici, mieux c'est.

Alors qu'il s'accroupissait, il entendit la voix perçante pour la dernière fois.

"Oooh, bon sang, on recommence ...?"

CHAPITRE VIII
ADRIANA

Les nains étaient à Tarantia depuis assez longtemps pour avoir construit leur propre quartier dans la ville.

Bien qu'il ait vécu dans la ville toute sa vie, c'était un quartier où Conan avait rarement été.

Contrairement aux elfes, les nains pratiquaient rarement la magie, et l'esprit unifié et prudent de leur culture ne lui donnait guère de raisons de visiter.

En fait, Lady Yasimina connaissait probablement mieux le quartier que lui, en raison de la qualité de ses armuriers.

Et avec eux était Snagg, bien sûr.

En regardant les immeubles avec leurs petites fenêtres, il se demanda presque pourquoi il s'était porté volontaire pour venir.

Mais, s'ils devaient obtenir des plans pour les ruines sous la ville, leur connaissance de l'histoire ancienne de Tarantia pourrait les aider, ainsi que la sensation naturelle du Snagg pour l'architecture et la pierre.

Cependant, il pensait également que les nains étaient des gens gentils, bien que loin de la nature insouciante et amusante des elfes, ou même, dans une certaine mesure, des gobelins.

C'était la nature de leur culture: ils étaient des maîtres artisans, consacrant tout leur temps à un travail dédié à l'amélioration de leur art, sans laisser de temps pour la joie.

Lady Yasimina ouvrait la voie alors qu'ils marchaient dans les rues naines, disposées en quadrillage carré, aussi régulières et ternes que les bâtiments qui les entouraient.

En tant que paladin, il approuvait probablement la contribution des nains, et même Conan devait admettre qu'ils étaient des gens honorables et courageux.

Snagg avait sauvé sa propre vie plus d'une fois.

La veille au soir, Yasimina avait invité certains de ses amis du temple d'Ymir pour une agréable soirée de nourriture et de conversation dans la cour.

Ils n'avaient pas discuté de la menace apparente pour la ville, mais le Temple était des alliés potentiels s'ils en avaient besoin.

Valeria avait également amené une amie nommée Onna, mais il en savait assez sur les femmes pour dire qu'elle n'était pas attirée par lui.

Avec un intérêt plus immédiat, cependant, du moins du point de vue de Conan, la jeune écuyer elfe du Temple avait été très jolie, même vêtue du blanc uni de son ordre.

C'était dommage qu'en tant que femme faisant ses premiers pas sur le chemin du paladin, elle ait résisté à ses tentatives de flirter avec elle.

Au moins, elle ne semblait pas offensée, et l'espoir qu'un jour il finirait entre les draps avec elle n'était pas, pensa-t-il, complètement bizarre.

Mais pas qu'il y ait une possibilité de cela ici, se dit-il.

Même les femmes naines qui n'étaient pas si prudentes se rapprochaient à peine de son image d'un partenaire de lit idéal.

* * *

Sa destination, à leur arrivée, était, il fallait bien l'admettre, bien différente des immeubles insipides qui l'entouraient.

Il était de loin plus grand, avec des portes d'une taille humaine convenable.

Des contre-cadres ornés flanquaient ses murs, avec des vitraux cintrés représentant des images de châteaux et de tours, des enclumes et des marteaux.

Un blason était au-dessus de l'entrée principale, sculpté dans la pierre avec un soin exquis.

Lorsque les nains voulaient montrer leur talent, ils le pouvaient certainement.

Car c'était la Guilde des maçons de Tarantia, une profession dominée par les nains, mais aussi avec quelques gobelins et humains.

Ici, ils espéraient trouver les réponses qu'ils cherchaient, avec l'aide de certains des contacts de Snagg.

Le guerrier nain, comme Conan le savait, n'était pas originaire de la ville, étant venu des montagnes au sud.

Il était venu ici chercher sa fortune et, en tant que membre du groupe d'aventuriers, il l'avait trouvée, en général.

Mais même ainsi, il avait établi des liens avec les habitants, malgré leurs différents clans, apparemment un aspect important de la culture naine, d'après ce qu'il comprenait.

Tous les trois montèrent les marches et franchirent les portes qui menaient au couloir.

Le bâtiment avait clairement été construit en pensant aux humains, mais il affichait une ambiance naine incomparable.

Le sol du hall était en marbre poli, bordé de colonnes qui s'élevaient jusqu'à un plafond orné de caverne.

Des sculptures en pierre bordaient les murs, montrant les différentes étapes de construction d'un grand bâtiment, et les balustrades de l'escalier de l'étage supérieur étaient revêtues de métal brillant.

Un nain vêtu d'une sorte de livrée grise s'approcha du groupe et parla brièvement à Snagg, avant de disparaître dans le bâtiment.

Le trio attendit poliment, en regardant l'art présenté par les constructeurs, jusqu'à ce que le nain en livrée revienne avec quelqu'un d'autre et reprenne sa position près de la porte.

Le nouveau venu était un autre nain, visiblement assez jeune, aux cheveux bruns épais et à la barbe relativement courte.

Il était vêtu de tons de terre solide, avec les lourdes bottes préférées de sa race et quelques anneaux d'or et d'argent aux doigts.

C'était évidemment un artisan prospère, bien que probablement trop jeune pour avoir sa propre entreprise.

"Snagg!" dit-il, serrant formellement la main du guerrier, "C'est bon de vous revoir. Vous devez me présenter à vos compagnons."

«Rimir, ce sont mes compagnons; Lady Yasimina et Conan, un sorcier. Yasimina, Conan, voici Rimir, un artisan en chef du clan de Bardalf.

Le guerrier ne put s'empêcher de remarquer la formalité du phrasé, même s'il n'était pas trop long et fleuri.

Il y avait un protocole clair ici, mais au moins, ils ne nous ont pas ennuyés.

"Nous avons une affaire à discuter, certaines informations dont vous disposez qui pourraient nous aider."

"Bien sûr," répondit le plus jeune nain, "mon père et moi dirigions notre propre entreprise, mais elle est presque terminée, et vous pouvez vous joindre à nous. Ensuite, nous pourrons parler de votre propre affaire." Il a souri, clairement un gars amical et ouvert d'esprit pour sa carrière, et a ouvert la voie à la porte d'où il était venu.

De l'autre côté de la porte, il y avait un couloir avec plusieurs pièces autour, des salles de réunion apparemment pour que les artisans et leurs clients se taisent.

Ils pénétrèrent dans l'une des pièces qui, comme le reste du bâtiment, avait des murs de pierre sculptés avec des frises, plutôt que des tapisseries ou des boiseries.

Il y avait plusieurs chaises, certaines adaptées aux humains et d'autres aux nains, et une longue table avec quelques rouleaux.

Un vitrail avec une image d'un pont a permis une lumière abondante dans la pièce.

D'un côté de la table, face à la fenêtre, se tenait un nain plus âgé, avec des cheveux gris, une longue barbe tressée, un épais bracelet en argent et une boucle de ceinture ornée d'un pion qui indiquait son statut élevé.

Il y avait un jeune nain à côté de lui et alors qu'il détournait les yeux de l'autre nain, les yeux de Conan se dirigèrent immédiatement vers la troisième personne dans la pièce, manifestement le client de l'artisan.

Elle semblait être au début de la trentaine et était une femme humaine vêtue d'une longue robe bleu foncé et verte.

Il la considérait comme une taille légèrement supérieure à la moyenne des humains, ce qui la faisait dominer les nains dans la pièce.

Elle avait de longs cheveux blonds sable, attachés en une queue de cheval qui s'étendait au milieu de son dos, et un visage mince avec des lèvres rouges et des yeux bleus.

Sa peau était pâle et lisse, avec quelques taches de rousseur pâles éparpillées sur ses pommettes.

Elle était penchée sur la table quand ils arrivèrent, ramassant quelques rouleaux, même si la coupe haute de sa robe ne lui permettait de ne voir que le contour de ses seins et la courbe de ses hanches.

Il leva les yeux quand ils entrèrent, son regard apparemment rien de plus qu'une simple curiosité.

«Salutations», dit le nain plus âgé, debout avec raideur, «Je suis Othan das Bardalf, maître maçon et architecte. Ceci,» il a indiqué au nain restant, «est ma fille Astrid, et c'est la marchande Adriana, avec qui nous avons une entreprise en main. "

Snagg présenta ses compagnons une seconde fois, puis Yasimina s'avança, serrant brièvement la main d'Othan et conservant sa propre posture formelle.

"Nous sommes des aventuriers, Maître Mason, récupérant les trésors perdus des catacombes cachées. Nous sollicitons votre aide en matière de connaissances architecturales et nous nous inclinons devant votre expérience."

Conan pensa que c'était un peu exagéré, mais Othan sembla impressionné.

Apparemment, les formalités correctes avaient été respectées.

«Veuillez vous joindre à nous,» dit-il, indiquant les chaises de l'autre côté de la table.

À la mention des aventuriers, les yeux d'Adriana semblèrent s'écarquiller un peu, et elle regarda le groupe, curieusement, ses yeux se posant d'abord sur Snagg, puis sur le guerrier.

Ils semblaient y rester un peu plus longtemps que nécessaire, et elle semblait un peu troublée.

Après tout peut-être qu'il y aurait quelque chose à gagner de cette visite, au-delà d'un peu d'informations ...

"Là ..." commença Adriana, s'arrêtant légèrement comme si elle ne savait pas quoi dire, "juste quelque chose que j'ai besoin de clarifier, mais je ne vais pas déranger. Ça vous dérange si je reste un moment?" Il regarda d'Othan vers Yasimina, mais ce fut Conan qui répondit le premier.

"Pas du tout," dit-il, "nous aurons bientôt fini."

Yasimina lui lança un regard perplexe, jusqu'à ce qu'elle réalise soudainement quelle doit être sa raison.

Son visage trembla un peu, mais il ne dit rien en regardant le maître maçon.

Quand lui aussi donna son accord, le marchand humain enleva une chaise de la table et la déplaça vers le mur du fond, derrière les nains, où elle pouvait voir les aventuriers, mais ne semblait pas faire directement partie de la discussion.

Ils s'assirent tous, trois de chaque côté de la table.

Adriana était assise près de la fenêtre, un peu dans l'ombre, mais les yeux de la guerrière se posèrent sur elle par-dessus la tête des nains.

Heureusement, Yasimina semblait avoir toute son attention sur les affaires, mais elle soupçonnait qu'ils n'approuveraient aucun flirt dans ce cas.

En fait, il n'était pas sûr de la façon dont la cour avec les nains fonctionnerait, bien qu'il soupçonnait que cela prendrait beaucoup de temps.

«Nous nous intéressons à l'histoire passée de la ville et à son architecture ancienne», a commencé Yasimina, «en particulier, les ruines souterraines. Nous espérions pouvoir obtenir des informations à leur sujet ici ... en tant que curiosités historiques, ou comment éviter de construire sur le dessus. parmi eux, se pourrait-il qu'ils aient des informations de ce type?

"Nous avons des connaissances, bien sûr", a déclaré Othan, "mais ce ne sont pas des informations que nous partageons normalement avec des étrangers et moins d'humains. Ce ne sont pas seulement des informations de guilde, en partie, mais aussi une question de clan ... ce type la connaissance est difficile à obtenir et elle n'est pas facilement transmise à nos rivaux. "

Conan pensait qu'il était un peu évasif.

Avaient-ils une idée de la menace que représentaient les ruines souterraines, ou du moins un indice qu'il pourrait y avoir quelque chose qui ne va pas, quelque chose dont ils ne voulaient discuter avec personne?

C'était possible, au moins, mais Yasimina était la négociatrice du groupe.

Elle et Snagg ensemble devraient pouvoir obtenir ce dont ils avaient besoin des maçons nains.

Si quelqu'un pouvait le faire, c'était eux.

Et ainsi, alors il a trouvé son esprit vagabondant un peu, évidemment sur le sujet du marchand humain.

Adriana avait certainement l'air un peu échauffée.

En réalité, elle ne semblait pas accorder trop d'attention à la conversation, mais semblait plutôt être très concentrée sur ses propres pensées.

Elle se retourna vers les aventuriers, et la guerrière était à peu près sûre qu'elle avait l'air excitée maintenant, alors que ses yeux s'écarquillaient involontairement et que ses mains étaient jointes, comme pour éviter de révéler son intérêt.

Pour Conan, cependant, c'était assez évident.

Ses yeux se posèrent sur les siens pendant un moment, et il rencontra ses yeux, avant de les balayer délibérément pour admirer tout ce que l'on pouvait voir de son corps derrière la table.

Elle était mince, avec de gros seins surélevés et un long cou.

C'était difficile à dire à cette distance, mais il crut voir quelques gouttes de sueur sur son front, sous ses cheveux courts.

Ses yeux étaient écarquillés et ses sourcils haussés, et il était sûr qu'elle l'évaluait autant que lui.

Puis il jeta un coup d'œil de côté, vers Snagg, peut-être pour voir si les deux autres avaient remarqué son intérêt, mais il semblait qu'ils ne l'avaient pas fait, car il se retourna bientôt vers Conan, son expression maintenant rusée.

Il était sûr qu'elle planifiait maintenant un moyen d'être ensemble ... il devait juste trouver un moyen de lui donner l'opportunité, sans que les nains ne soient offensés par ce qui se passait sous leur nez.

Retenant son regard, elle écarta ses lèvres et fit courir sa langue autour d'elles, lui lançant un regard clair "viens ici".

Maintenant, il était sûr de n'avoir mal lu aucun des signes, non, il était sûr de ne pas l'avoir fait, car il avait eu de bonnes chances de le faire, et parce qu'il pouvait bien lire les femmes.

Il lui sourit, espérant qu'elle comprenait son acceptation, et reporta son attention sur la conversation.

Cela pourrait, après tout, être important.

"Dans ces circonstances ..." disait Othan, "il y a quelques détails que nous pourrions vous donner, mais pas ici. Demain soir, puisque Rimir et moi devons d'abord aller quelque part. Astrid devrait s'en occuper pour vous. Mais Vous devez comprendre que ce sont des informations naines, et nous ne pouvons les donner qu'au Snagg. Nous avons confiance en votre jugement, mon ami, "ajouta-t-il en se tournant vers le guerrier nain," mais vous devez décider comment partager cela, car, si c'est pour vous, nous ne le sommes pas. rompre tout lien, mais ça doit être pour toi, et toi seul. J'espère que tu comprends... "

Avant qu'il ne puisse répondre, Conan fut choqué quand Adriana se leva soudainement.

«J'ai réalisé que je devais y aller,» dit-il, «je suis vraiment désolé pour l'interruption, mais en tout cas, je ne devrais pas m'immiscer davantage. Si je pouvais avoir un petit entretien avec Astrid avant de partir?

Othan eut l'air légèrement irrité, mais fit un signe à sa fille, et elle se leva et se dirigea vers le coin le plus éloigné, où elle chuchota avec Adriana pendant un moment, au-delà de la portée auditive de la guerrière.

Il n'avait pas accordé beaucoup d'attention à la femme naine jusqu'à présent, car elle n'avait pas parlé une seule fois pendant la conversation avec Yasimina, ou, bien sûr, depuis qu'il était entré dans la pièce.

Il avait l'air jeune, même s'il n'était pas tout à fait sûr de ce que cela signifiait pour un nain.

Elle portait une robe bleu grisâtre avec un ourlet de jupe qui traînait presque sur le sol.

Son épais collier en argent et en or, et le bracelet autour de son poignet gauche, étaient clairement le produit d'un savoir-faire nain hautement qualifié.

Elle était blonde, aux cheveux tressés et avait la peau pâle si typique de sa race.

Indépendamment de sa carrure robuste et de ses bras et jambes plutôt épais, il supposait qu'elle pouvait être considérée comme assez attirante, et peut-être que les nains pensaient qu'elle l'était.

Il lui vint à l'esprit que Snagg allait être seul dans une maison avec elle ce soir, et avec sa famille absente.

Si c'était lui, et si elle avait été humaine ou elfique, il était sûr de la fin de cette soirée.

Mais de la façon dont les choses étaient, il ne pouvait pas imaginer quoi que ce soit se passer.

Les nains, soupçonnait-il, manquaient même des opportunités en or comme celle-là, et c'était probablement pourquoi Othan ne semblait pas concerné par cette perspective.

Il était plus préoccupé par le fait qu'Adriana était sur le point de partir sans lui donner à nouveau aucun moyen de la contacter, mais il réalisa ensuite que tout ce qu'il disait à Astrid faisait rougir le nain, et regarda sa famille, qui, heureusement, regardait ailleurs à l'époque, alors qu'ils étaient retournés discuter avec Snagg.

Probablement, pensa-t-il, il n'en fallait pas beaucoup pour qu'un nain rougisse non plus, mais quand il vit le marchand tendre un morceau de parchemin à Astrid et regarder Conan lui-même, il était déjà sûr de ce qu'elle lui avait dit.

Même la femme naine, semble-t-il, a été capable d'interpréter le but derrière la note en voyant à quel point elle se sentait embarrassée de l'accepter.

Dans leur culture, les choses n'étaient tout simplement pas faites de cette façon.

Après quoi, Adriana est partie, fermant la porte derrière elle et retournant dans la salle du clan.

Astrid retourna à la table, la note serrée d'une main derrière son dos, là où les autres ne pouvaient pas la voir, alors que ses yeux étaient baissés et semblaient encore plus réservés qu'avant.

Ce que Snagg avait dit avait apparemment rencontré l'approbation du nain plus âgé, car ils se serraient la main, et la conversation avait dérivé vers des questions plus sociales.

Le nain guerrier connaissait manifestement la famille, et maintenant que l'affaire était finie, il voulait en parler.

Avec rien d'autre pour le distraire maintenant, Conan a été obligé d'écouter ce qu'il a trouvé des histoires terriblement ennuyeuses de clans nains et de leurs affaires, mais il a deviné que le nain guerrier avait très peu d'occasions de converser avec des gens de son espèce, car Ce qui ne le dérangeait pas que maintenant qu'il avait une chance de le faire, il le faisait.

Finalement, tout le monde s'est levé.

Les nains semblaient maintenant plus amicaux et moins formels qu'avant.

Peut-être seraient-ils des alliés utiles, après tout.

Quand ils partirent, Astrid pressa à la hâte le morceau de parchemin dans sa main, regardant autour de lui pour s'assurer qu'ils ne l'avaient pas vue.

Après son départ, il déplia la note et la lut.

C'était l'adresse d'une maison dans la partie humaine de la ville, et avec la date de demain écrite.

* * *

Le Snagg est arrivé à la maison du maître maçon peu après le coucher du soleil.

Pour lui, flâner dans les rues ordonnées du quartier nain était beaucoup plus facile que les ruelles sinueuses du reste de Tarantia, lui rappelant un peu la grande ville souterraine de sa patrie.

Il n'avait pas été surpris qu'Othan n'ait accepté de remettre les plans qu'à un autre nain.

Il y avait beaucoup de choses qui ne devraient pas être partagées avec des étrangers.

Mais s'il y avait une menace ici, il devrait y faire face, quel qu'en soit le coût.

Il savait que le voyage serait rapide.

Il lui fallait juste récupérer les documents qu'ils avaient préparés, puis partir.

Conan, d'un autre côté, était parti avec un sourire calme sur son visage, et ne serait pas de retour avant l'aube.

Toute la préoccupation des humains et des elfes pour de telles choses lui semblait quelque peu inappropriée, et c'était bien d'être parmi les gens qui savaient qu'ils ne devraient pas discuter de ces questions.

Astrid, heureusement, comprendrait.

Conan avait probablement déjà ce genre de pensées sales sur ce qui pourrait se passer chez le maître maçon ce soir, mais si c'est le cas, il pourrait difficilement se tromper davantage.

Astrid était sans aucun doute assez attirante, mais elle était un peu jeune pour lui, et il aurait dû faire beaucoup d'arrangements de sa part de toute façon s'il avait voulu la courtiser.

Les nains, contrairement aux humains ou aux elfes, n'agissaient tout simplement pas comme ça, et c'était un signe de confiance qu'Othan et Rimir n'avaient même pas pris la peine de s'inquiéter de telles choses.

Ce n'est pas parce que deux personnes du sexe opposé étaient ensemble dans le même bâtiment qu'elles essayaient ... eh bien, de procréer.

La maison avait l'aspect typique de la plupart des autres à proximité, mais l'œil habile du Snagg pouvait discerner la plus haute qualité de la pierre, comme il convenait à un nain du statut et de la profession d'Othan.

Elle était également légèrement plus grande, avec un toit en ardoise en pente, signe de la richesse de la famille marchande.

Il frappa à la porte et se prépara à annoncer son nom et son objectif quand Astrid ouvrit la porte.

Seulement, ce n'était pas Astrid; c'était Adriana.

Snagg était perplexe et immédiatement alerte.

Ne devrait-il pas être avec Conan maintenant?

Ou avait-il mal compris ce que faisait le guerrier ce soir?

Cela semblait improbable, le connaissant, mais bien sûr il y avait toujours la possibilité qu'il ait pu rencontrer quelqu'un d'autre ailleurs.

Adriana était évidemment une amie de confiance du clan Bardalf, et d'Othan en particulier, et en fait, elle avait même entendu son nom auparavant.

C'était une marchande qui travaillait souvent avec des nains, aidant à vendre leurs marchandises sur le marché humain, en particulier au-delà de Tarantia.

Donc, pour autant qu'il sache, il pouvait lui faire confiance.

Cependant, sa présence ici était étrange, c'est le moins qu'on puisse dire, et il s'était rendu compte qu'elle avait passé du temps à évaluer les aventuriers à leur arrivée.

Conan aurait pu penser qu'elle était juste en train de le regarder, avec son esprit parfois juste une pensée, mais Snagg s'était également retrouvée sous son regard.

Que voulait-elle vraiment?

«Snagg,» dit-il, «entre. Nous venions de finir de manger. J'adore la petite cuisine. Au fait, tous les documents sont prêts pour vous en bas. Ou alors on m'a dit, apparemment, que je ne suis pas autorisé! les voir! "

Cela semblait plausible, mais d'une manière ou d'une autre, ses paroles ne semblaient pas entièrement vraies.

Elle cachait quelque chose, mais quoi?

Il ne portait qu'un seul poignard, car il était inutile pour parcourir les rues de la ville en armure et en armes complètes, mais c'était un gros poignard et il était compétent dans son utilisation.

Il souligna subrepticement sa main vers elle, prêt à la saisir si besoin était, mais entra néanmoins dans la maison.

Ils étaient entourés de camarades nains, et cela devrait être une partie sûre de la ville ... mais quelque chose d'étrange se passait, quelque chose qu'il ne comprenait pas très bien.

Et, en tant que guerrier, il n'y avait qu'une seule façon de se préparer à cela.

À l'intérieur, la maison était aménagée dans le style nain typique.

Le rez-de-chaussée était légèrement enfoncé sous le niveau de la rue, une pièce simple qui occupait la majeure partie de l'espace, avec une cuisine derrière et des escaliers en colimaçon en pierre menant à l'étage supérieur.

Adriana, cependant, se dirigea immédiatement vers les escaliers qui descendaient, comme si elle s'attendait à ce que je le suive.

Bien sûr, les maisons des nains, même dans les villes humaines, avaient des sous-sols substantiels, mais pourquoi ne pas livrer les documents ici?

Et où était Astrid?

Il la suivit dans les escaliers et remarqua immédiatement une odeur étrange.

C'était épicé, épicé un peu comme de l'encens, mais je n'ai rien pu identifier.

Sa main était maintenant sur son poignard, alerte au danger.

Ce n'était pas l'odeur des orcs, ou quoi que ce soit d'aussi dangereux, en fait, cela semblait même assez agréable.

Mais il n'était pas à sa place ici, et c'était ce qui l'inquiétait.

"Par ici," dit le marchand, et il entra dans une pièce, sa main toujours sur le poignard.

Il faisait sombre, avec seulement un petit brasero pour l'éclairage, mais ses yeux étaient naturellement adaptés à la faible lumière, et il en distingua bientôt les détails.

C'était une chambre à coucher, dans le style de sous-sol typique de nombreux nains, où ils pouvaient dormir entourés de roches solides.

Plus important encore, Astrid n'était pas là.

Il se retourna, seulement pour découvrir qu'Adriana avait fermé la porte et était maintenant appuyée contre elle, bloquant la seule sortie.

D'une main, il alluma un lampadaire sur une table de chevet et une lumière jaune se répandit dans la pièce.

L'odeur était plus forte maintenant, le faisant se sentir étrange.

Son odeur lui piqua le nez et le fit se sentir chaud, presque en sueur, comme s'il avait mangé un repas épicé.

Cela obscurcissait ses pensées, mais ne le faisait pas se sentir faible ou malade.

En fait, il se sentait tout à fait capable, énergique.

"Que se passe t-il ici?" Dit-il à travers les dents serrées, tirant à moitié sur le poignard.

Elle n'était pas armée et il n'y avait personne d'autre dans la pièce.

Ce ne serait pas un combat difficile, s'il en arrivait là, et pour autant qu'il le sache, elle n'était même pas une sorcière.

Il semblait peu probable qu'il essaye de l'attaquer ou de l'emprisonner, alors quel était exactement son plan?

"Il n'y a pas besoin de couteau," dit Adriana, toujours appuyée contre la porte, "tu n'es pas en danger. J'avoue que je suis un peu malhonnête ... mais c'est ton ami Conan qui va être déçu, pas toi. En ce moment, il aurait dû ramasser les documents d'Astrid, ce qui, j'en ai bien peur, n'était pas exactement ce qui l'avait amené à penser qu'il faisait. Je vous aurais donné les documents moi-même, mais elle a vraiment insisté pour les garder. Même si ... eh bien, elle ne les donne pas à qui elle a dit qu'elle donnerait. "

Snagg fronça les sourcils, essayant d'ignorer l'odeur dont il réalisait maintenant qu'elle devait provenir du petit brasier.

"Cela ne répond pas à ma question: qu'est-ce que tu fais? Pourquoi me veux-tu?"

"Ah oui," dit-elle en rougissant légèrement, à moins que l'encens ne l'affecte aussi, "c'est la question."

Elle déglutit un peu et mit une main derrière son dos.

Snagg se raidit légèrement, mais il l'avait vue alors qu'il la suivait dans les escaliers; il n'y avait rien de caché, à moins d'être particulièrement petit.

Une aiguille? Peut-être, mais sûrement pas grand-chose d'autre.

«Je travaille avec des nains depuis longtemps», dit-il, toujours à propos: un trait humain très ennuyeux. «Et j'ai développé un réel penchant pour votre peuple. Je ne mens pas quand je dis que j'aime la cuisine naine, au fait. Mais il y a quelque chose de nain que j'ai à peine eu l'occasion d'essayer.

Il jouait avec quelque chose derrière son dos, mais quoi que ce soit, il ne pouvait pas le voir.

La chose étrange était qu'elle ne semblait pas agressive.

Nerveux, peut-être, mais encore plus que ça, excité.

Son ton de voix était presque amical, pas menaçant.

Snagg ne pouvait vraiment pas comprendre du tout son comportement.

«Les hommes nains sont forts, puissants, avec ces bras et ces corps musclés,» continua-t-il, sa voix soudain étrangement rauque. Qu'est-ce que cela avait à voir avec ...? puis sa pensée s'arrêta là, quand il réalisa ce qu'il faisait derrière elle.

Elle défaisait les lacets à l'arrière de sa robe.

Elle glissa un bras hors de lui, puis l'autre, le tirant sur ses hanches, pour l'amener à ses pieds.

En dessous, elle portait une longue chemise blanche, presque sans manches, avec un décolleté plongeant.

"Maintenant, comprenez-vous pourquoi vous êtes ici?" elle a demandé, "Et bien sûr pourquoi avait-il besoin de la tromperie? Sans lui, je n'aurais jamais pu avoir la chance."

Il aurait alors pu courir vers la porte, mais il aurait dû la mettre à l'écart.

Et comme elle portait des vêtements qui n'étaient plus tout à fait décents, la toucher pourrait lui donner une mauvaise impression.

De plus, tout ce qu'il avait à faire était de refuser.

C'était vraiment aussi simple ... n'est-ce pas?

"Mais ... tu es humain," dit-il, horrifié par son approche effrontée. "Non ... certainement pas avec ... si vous connaissez mon peuple, vous devriez le savoir! C'est juste ..." balbutia-t-il, incapable de penser à quoi dire d'autre.

«Tu ne me trouves pas du tout attirante? dit-elle en plaisantant, enlevant ses chaussures et s'avançant de la porte, la combinaison mince s'accrochant à ses courbes puis se penchant légèrement en avant pour montrer son décolleté.

«Ne sois pas... je veux dire que tu es...», essaya-t-il de protester, expliquant qu'elle n'avait pas la bonne forme, la mauvaise hauteur, que sa mâchoire était trop ronde, sa taille trop fine et ses membres trop longs.

Mais perfidement, il commença à ressentir une agitation dans son ventre, la regardant.

Les courbes de son corps étaient différentes, mais en quelque sorte agréables.

Il n'avait jamais ressenti cela avec une femme humaine auparavant, et il ne pouvait pas imaginer pourquoi il le ressentait maintenant.

Il transpirait et sa dague glissa de sa main avec hésitation, se glissant dans son fourreau.

Qu'est-ce qui lui arrivait?

Il n'avait pas bougé d'où il était et elle continuait d'avancer vers lui.

Il pouvait courir autour d'elle maintenant, mais pour une raison quelconque, il avait l'impression de ne pas pouvoir bouger.

Ce n'était pas une paralysie littérale, mais son esprit était agité, incapable de penser correctement.

Elle le rattrapa, se tenant juste à quelques pas devant lui.

Son niveau de vision était légèrement au-dessus de son nombril, l'abdomen mince et allongé d'une femme humaine.

Il garda les yeux droit devant lui, serrant et relâchant ses mains, essayant de prendre une décision sur ce qu'il fallait faire.

Elle s'agenouilla, son visage maintenant plus ou moins au même niveau que lui, ses yeux bleus écarquillés d'excitation, ses lèvres légèrement entrouvertes.

Il évita de regarder ce combo coupe-bas et maudit la sensation dans son aine qui lui donnait envie de faire ça.

«Je ne pense pas que vous soyez complètement sincère», dit-il, «et ce n'est pas que j'étais l'exemple de l'honnêteté aujourd'hui, je l'admets. Mais maintenant, voyons voir...»

Elle s'avança, nouant le haut de sa tunique en cuir rembourrée sans manches, la défaisant adroitement, puis la repoussant, par-dessus ses bras, jusqu'à ce qu'elle tombe sur le sol de pierre derrière lui.

Il serra à nouveau ses mains, voulant la repousser, mais ne voulant pas en même temps.

Il savait que ce n'était pas juste et qu'il pouvait l'arrêter à tout moment, mais il semblait incapable de le faire.

Elle soulevait sa chemise maintenant, la soulevait sur sa poitrine, et elle ne résistait toujours pas, même si elle savait qu'elle aurait dû.

Il le tira par-dessus sa tête et le jeta, et il fit un pas involontaire en arrière, comme si le mouvement brusque avait éclairci sa tête pendant un moment.

Il cligna des yeux alors qu'une goutte de sueur coulait sur le côté de son visage.

L'odeur de l'encens était ... oui, ça devait sûrement être ça, réalisa-t-il soudainement!

« Un aphrodisiaque? dit-elle sèchement, faisant un signe de tête vers le brasier.

"Oh ouais ... tu vois, je pensais que tu aurais peut-être besoin d'un peu d'encouragement. Un relâchement de ces fameuses inhibitions naines. Mais ça ne peut pas te faire faire ce que tu ne veux pas. Si tu te sens vraiment rejeté par moi, tu te sentiras excitée, et ce serait tout ce qui arriverait. "

Ses yeux parcouraient son corps, maintenant nu de la taille jusqu'à la taille.

« Vous êtes en fait musclé, » dit-elle, sa voix rauque à nouveau, « vous avez l'air très masculin, Snagg.

Il tendit la main, presque avec précaution, et caressa sa poitrine, passant ses doigts dans ses cheveux et les muscles fermes de ses pectoraux.

Il sentit son érection grandir, tirant presque maintenant contre le tissu ferme de ses bretelles.

Il a dû résister, il a dû ...

Il ferma les yeux, repoussant l'image de son corps à peine vêtu de son esprit.

Sûrement, s'il ne répondait pas à son contact, alors elle partirait?

Il y eut un bruissement de tissu, mais elle ne le caressa plus et il garda les yeux fermement fermés.

"Tu ne veux pas regarder?" Elle a dit, et malgré lui, il a regardé.

Elle s'était retirée de sa combinaison, agenouillée devant lui et ne portait plus qu'une paire de sous-vêtements en soie beaucoup plus courts que tout ce qu'une femme naine pouvait porter.

Sa taille était fine, un corps lisse et sans poils, plus en forme de sablier que celle d'un nain.

Ses seins pendaient maintenant, ses mamelons roses complètement gonflés.

Ses yeux se focalisèrent sur une poignée de taches de rousseur pâles sur ses épaules et sa clavicule, puis força son regard de haut en bas, sur son visage.

"Je pense que tu m'aimes bien, non? Et ça ne peut pas être juste le parfum. Ça ne marche pas comme ça."

Elle prit ses seins en coupe, passant ses mains dessus, frottant ses mamelons enflés, tandis que ses yeux traîtres observaient chacun de ses mouvements.

Son érection était énorme maintenant, incontrôlable.

Cela devrait sûrement se terminer bientôt?

«Je ne suis pas...» commença-t-il, essayant d'expliquer, pour lui faire voir le petit sens de la situation. «Tu es un humain, et je suis un nain. Je ne peux tout simplement pas!

"Hmm ..." dit-elle, "ça ne me semble pas comme ça."

Soudain, elle se pencha et attrapa son entrejambe, prenant en coupe son érection enflée à travers le cuir souple, serrant légèrement ses couilles en le faisant.

Il grogna involontairement, incapable de s'aider lui-même.

Son sexe avait l'impression qu'il voulait exploser.

"Non, je le pensais," dit-elle simplement.

Les mots le dépassaient maintenant, il ne trouvait plus rien à dire.

Il n'y avait aucun moyen pour elle de nier que son corps réagissait comme n'importe quelle femme naine, quelle que soit sa honte personnelle.

Peut-être, pensa-t-il, qu'elle avait menti sur le pouvoir du parfum aphrodisiaque, peut-être qu'elle inspirait des pensées qu'une personne normale n'aurait pas eue autrement.

Peut-être qu'il a même travaillé différemment dans sa propre race que chez les humains.

Au fond, cependant, il savait que ce n'était pas vrai.

Il resta immobile, toujours debout rigide, tandis qu'elle détachait sa ceinture, la laissant tomber, avec le poignard, au sol.

Ses doigts attrapèrent le cordon sur ses sangles, et finalement il bougea, saisissant son poignet.

"Non ..." réussit-il à dire, presque un croassement.

«Je ne pense pas que vous vouliez dire cela sérieusement,» dit-il, «et je suis venu trop loin pour abandonner maintenant.

Elle leva sa main gauche, lentement, la déplaçant là où il tenait l'autre.

Elle écarta doucement sa main des bretelles, et cette fois il resta immobile, ses yeux fixant sa main comme si fasciné, mais ne faisant rien pour l'arrêter.

Un peu maladroitement, elle dénoua le cordon, et sa main droite se dégagea de sa prise déjà en sueur et rapidement affaiblie.

Il attrapa le côté de sa culotte et, d'un seul mouvement, les tira dessus et abaissa ses sous-vêtements jusqu'à ses genoux.

Son sexe a sauté, enfin libre, hors de la masse épaisse de poils pubiens.

Elle n'a rien dit au début, les yeux fixés sur le prix.

Il frissonna, la culpabilité et la honte montèrent en lui, mais incapable de contrôler le puissant désir qu'il ressentait.

Elle tendit la main, et il grogna entre ses dents serrées alors qu'il prenait sa bite dans une main, glissant le long de ses couilles jusqu'à la pointe, passant son pouce sur son prépuce.

"C'est totalement à taille humaine," murmura-t-elle, "je m'étais demandé à quoi tu ressemblerais."

Elle le relâcha et se leva, ramenant ses yeux au même niveau que la base de sa poitrine.

Cette fois, il leva les yeux, malgré lui, regardant ses seins monter et descendre, juste au-dessus de la hauteur de sa tête.

Avec un autre mouvement rapide, elle enleva les derniers vêtements restants, puis s'éloigna de lui, marchant vers le lit.

Il grimpa sur elle, se reposant en avant sur ses mains et ses genoux, ses seins pendants et ses fesses soulevées en l'air.

Le lit nain était bien sûr trop court pour elle, et même dans cette position, ses pieds étaient étalés sur la planche basse à la base.

Ses fesses lui faisaient face, et elle écarta ses longues jambes, révélant sa vulve rose et gonflée.

Elle était presque sans poils là-bas, et il pouvait la voir humide à la lumière de la lampe.

Elle respirait fortement, ses seins se déplaçant de haut en bas pendant qu'elle le faisait.

«La porte n'est pas fermée», lui dit-il, même s'il ne lui est jamais venu à l'esprit que cela pourrait l'être. "Vous pouvez y aller maintenant, et personne ne le saura jamais. Ou vous pouvez réaliser mon rêve le plus fou. Cela," continua-t-il, avec un soupçon de regret, "c'est votre choix maintenant."

Il regarda la porte et les vêtements se rassemblèrent autour de lui.

Ce serait si facile de remettre ses vêtements et de s'éloigner.

Mais à ce moment-là, il savait qu'il ne voulait pas.

Il poussa un bref cri muet et se pencha pour enlever ses bottes, emportant ses derniers vêtements avec lui.

Nu, il traversa la pièce en courant et sauta sur le dos du lit.

Comment osait-elle le traiter ainsi? Maintenant, il allait le prouver!

Il se leva sur le matelas et la regarda dans le dos, la queue de cheval en travers de son corps, puis se balançant sur le côté.

Elle tourna la tête vers lui, regardant en arrière, d'abord son propre visage, comme si elle évaluait ses émotions, puis sa bite bombée, s'élevant maintenant juste au-dessus de ses fesses.

"Oui ..." dit-elle, le mot se coinçant presque dans sa gorge.

Il attrapa sa taille à deux mains, sentant la douce peau humaine, et la souleva au niveau de ses hanches.

Ses genoux se sont levés pour se libérer du lit pendant qu'elle le faisait, et elle en a profité pour déplacer ses pieds sur le lit, pressant ses orteils contre la planche de bois pour le soutenir.

"Ne vous moquez pas d'un guerrier nain," lui dit-il fermement, "ou vous sentirez sa lance."

Il baissa les yeux sur sa chatte humide, sa bite palpitante à peine à un pouce, puis il la tira soudainement vers lui, poussant ses hanches vers l'avant dans le même mouvement, s'enfonçant profondément dans sa chatte.

Elle a crié, un grand cri de pur plaisir.

Sa propre excitation était intense, la sensation de sa chatte douce autour de sa bite encore meilleure qu'elle ne l'avait imaginé.

Il sortit, puis la poussa encore et encore, agrippant ses hanches fermement, enfonçant ses doigts dans ses fesses rondes.

Adriana laissa échapper un long gémissement, les yeux écarquillés de passion, la sueur coulant sur son front.

Au début, ses grognements étaient muets, presque agressifs en ténor, mais ensuite il retrouva sa voix.

"Tu ... te sentiras ... ce qui ... signifie ..." haleta-t-il, poussant sa bite gonflée encore et encore dans sa chaleur serrée, "être avec ... un nain ... et ... un l'humain ... ne pourra pas ... vous satisfaire ... comme ça ... encore. "

Il n'était même pas sûr qu'elle pouvait l'entendre, car ses gémissements de plaisir étaient maintenant très forts et prolongés.

Il a continué à se claquer contre elle, les bras et les fesses musclés travaillant à l'unisson pour l'empaler.

Ses seins tremblaient, tout son corps tremblait sous la force de son action.

Ses jambes tremblaient, mais tenaient toujours, pressant fort contre le lit alors que sa bite pénétrait et sortait de sa chatte humide.

Elle avait l'impression d'être sur le point de se libérer et augmenta encore plus sa vitesse de pompage, provoquant des gémissements encore plus extatiques de la bouche béante d'Adriana.

Enfin, elle poussa un vieux cri de guerre nain, et avec une dernière poussée, elle se sentit venir, son sperme nain chaud dégoulinant dans son faible vagin humain.

Sa chatte convulsa, le saisissant alors qu'elle sursautait dans les spasmes de son propre orgasme soudain, jusqu'à ce qu'ils finissent tous les deux par s'effondrer en un tas de corps épuisés et en sueur.

L'HISTOIRE CONTINUERA SUR :
CONAN LE BARBARE
TROISIÈME PARTIE